KB014472

호로요이의 시간

호로요이의 시간

오리가미 교야
사카이 기쿠코
누카가 미오
하라다 히카
유즈키 아사코 지음
권남희 옮김

징검돌

차례

그에게는 쇼콜라와 비밀의 향이 풍긴다 · 7
오리가미 교야

첫사랑 소다 · 59
사카이 기쿠코

양조학과의 우이치 · 109
누카가 미오

식당 '자초雜' · 157
하라다 히카

bar 기린반 · 221
유즈키 아사코

그에게는 쇼콜라와 비밀의 향이 풍긴다

오리가미 교야

오리가미 교야

1980년 런던에서 태어났다. 2013년《영감검정》으로 데뷔, 2015년에《기억술사》로 일본 호러 소설 대상 독자상을 수상했다. 주요 저서로는《영감검정》 시리즈,《기억술사》 시리즈,《소녀는 새장에서 잠들지 않는다》,《세계의 끝과 시작은》,《아침놀에 팡파르》,《환시자의 흐린 하늘》 등이 있다.

*

고베에는 언덕이 많다는 말을 듣긴 했지만 이렇게 가파른 언덕일 줄은 몰랐다. 종아리가 아프다. 발이 편한 샌들을 신어서 그나마 다행이다. 관광지가 가까워지니 예쁜 건물이 많아서 즐거운 기분으로 걷긴 했지만.

스마트폰 앱으로 지도를 확인하고 걸음을 멈췄다. 어쩐지 여기가 목적지 같다.

그림책에서나 볼 법한 삼각 지붕의 단독 주택이다. 벽돌로 만든 문기둥과 양쪽으로 열리는 금속 대문 너머로 현관까지 이어지는 짧은 길이 있고, 그 주위에는 각양각색의 꽃이 피어 있다.

소박하면서도 예쁜 서양식 건축에 나도 모르게 사진을 찍었다. 정면에서는 잘 보이지 않지만 뒤뜰도 있는 듯 건물 뒤로 관목 나뭇가지가 보였다.

문기둥에 걸린 문패에서 '모리가와'라는 이름을 확인하고 스마트폰을 가방에 넣었다. 언덕을 올라온 탓에 땀이 났다. 가방에서 손수건과 거울을 꺼내 땀을 닦고 옷매무시를 가다듬었다.

마지막으로 모자 각도를 살짝 바꾸었다. 도와코 씨가 물려준 것이다. 챙이 넓고 심플한 흰색 모자로, 검은 머리칼을 짧게 자른 도와코 씨가 쓰면 도시적이면서도 우아한 분위기가 나고, 머리칼이 긴 내가 원피스에 맞춰 쓰면 청순한 분위기가 난다.

오늘은 원피스도 도와코 씨가 준 것을 입었다. 흰색에 가까운 연한 회색의 부드러운 면 원피스다. 소매와 목에 프릴이 달렸지만 색깔 덕분에 너무 어린 느낌은 아니다. 소녀 취향의 옷을 좋아하는 내게 대학생이 됐으니 어른스럽게 입으라며 도와코 씨가 골라준 것이다.

왼손에 든 종이가방에는 선물할 초콜릿과 작은 꽃다발이 들어 있다. 속을 살짝 확인해보니 아직 보냉제가 녹지 않아선지 서늘하다.

가슴을 누르고 크게 심호흡한 뒤, 초인종을 눌렀다.

침착하게, 우아하게. 조심스럽게 행동해야지.

도와코 씨의 소중한 사람을 만나는 것이니까.

"네—에."

대답이 인터폰 너머가 아니라 가까이에서 들렸다. 어디지? 둘러보니 건물 안이 아니라 정원 쪽에서 젊은 남성이 나왔다.

"어서 오세요. 이런 모양새여서 죄송합니다. 정원 손질을 하던 중이라……."

그는 흙으로 지저분해진 장갑을 벗으며 하얀 이를 드러내고 웃었다. 반소매 티셔츠와 청바지 차림에 목에 수건을 걸치고 있었다. 적당히 근육 있는 팔은 햇볕에 그을렸다. 운동복 모델을 해도 될 것 같은 싱그러움이다.

이 사람이 도와코 씨가 좋아하는 사람?

그럴 리 없어. 나는 머리에 떠오른 생각을 지웠다. 도와코 씨는 그리워하는 사람과 30년 이상 만나지 못했다고 했다. 30년 전이면 지금 내 눈앞에 서 있는 남성은 아직 태어나지도 않았을 터다.

* * *

나, 나카자토 히나키에게 도와코 씨는 어릴 때부터 동경하던 여성이었다.

도와코 씨는 엄마의 언니로, 엄마와는 나이 차가 많이 난다. 줄곧 독신으로 20대 시절부터 해외에서 일했지만 예순이 넘은 뒤 일본에 돌아왔고 지금은 우리 집에서 그리 멀지 않은 맨션에서 혼자 살고 있다.

도와코 씨는 짧은 머리에 단순하고 기능성 있는 옷을 주로 입는 편이다. 하지만 내게는 언제나 파스텔 톤에 섬세하고 청초한 디자인으로 된 인형 같은 옷과 구두를 선물해주었다. 자식이 없으니까 조카가 귀여운 거야, 엄마가 웃으며 말했다.

"여자아이에게는 이런 것이라고 머리에 그리는 게 있나 봐. 아니면 언니가 그렇지 않은 사람이라 여성스러운 것을 동경하는지도 모르고."

이렇게 공주 같은 드레스만 보내다니, 엄마는 쓴웃음을 지었지만 나는 도와코 씨가 선물해준 예쁜 옷에 푹 빠졌다.

여섯 살 때 받은 흰색 프릴이 달린 원피스, 열 살 때 받은 해바라기 무늬 여름 원피스, 지금도 아끼는 레이스 손수건, 꽃을 수놓은 모자, 작은 새 모양의 브로치.

공주님 같네, 도와코 씨가 칭찬해주는 게 좋아서 자주 입고 다녔다. 내가 그런 선물이 어울리는 사람이란 걸 자랑하고 싶었다.

선물 받은 옷에 어울리도록 구두와 소지품을 고르고, 머리칼을 기르고, 그것들을 더럽히지 않도록 행동거지에도 신경 쓰게 됐다. 도와코 씨가 준 해외 아동문학 전집을 읽고 숙녀의 몸짓과 말투를 공부했다. 나중에 직접 옷을 살 때도 고전적이고 귀여운 디자인을 골랐다.

사실은 도와코 씨의 단순한 스타일이 멋있었지만 내게는 그런 스타일이 어울리지 않는다는 걸 알고 있었다. 나는 딱히 미인은 아니지만 도와코 씨는 언제나 내게 귀엽다고 해주었고, 그 말을 들으면 정말로 내가 귀여운 것 같았다. 아니, 더 귀여워져야겠다고 생각했다.

물론 지금은 칭찬받고 싶어서 멋을 부리는 건 아니지만 그렇게 완성된 지금의 내가 별로 싫지 않다. 그때의 기분은 지금도 내 바탕이 된 것 같다.

생각해보면 도와코 씨에게는 스타일뿐만 아니라 여러 가지 면에서 영향을 많이 받았다. 포트로 홍차를 끓여서 마시는 습관도 도와코 씨가 끓여준 것이 계기였고, 제일 좋아하는 초콜릿 봉봉을 처음 먹은 것도 도와코 씨에게 선물 받아서 먹어본 것이었다.

알코올이 든 봉봉은 도와코 씨가 우리 집에 올 때 가져오는 단골 선물이었다. 술이 들어가서, 하고 도와코 씨는 내가 한 개를 다 먹지 못하도록 반으로 나눠주었다. 맛있어요, 더 먹고 싶어요, 그랬더니 “히나키는 나중에 술을 잘 마시겠구나.” 하고 웃었다.

도와코 씨네 집에 놀러 갔을 때도 봉봉 상자가 있었다.

이때는 엄마에게 비밀로 하기로 하고 한 개를 다 먹게 해주었다. 달콤하고 신기한 향이 나는 걸쭉한 크림이 맛있었다. 어른이 되면 실컷 먹을 수 있겠지만 그날이 너무 아득했다. 하지만 도와코 씨는 어른인데도 봉봉은 한 개밖에 먹지 않았다. 딱 한 개만, 아주 소중한 듯이 음미했다.

"이 초콜릿을 굉장히 좋아한 사람이 있었는데 말이야. 그 사람이 가르쳐준 가게야, 여기."

고등학교를 졸업하기 1년 전쯤 도와코 씨 집에 머물렀을 때 도와코 씨가 저녁 식사 후 홍차를 끓여주며 한 말이다.

봉봉을 반 개 먹고 홍차를 마시고, 나머지 반을 손가락 끝으로 들고 바라보면서 도와코 씨는 즐거운 듯이 그런 이야기를 했다.

"그 사람은 술은 잘 못 마셨는데 술이 들어간 과자를 좋아했어. 이 봉봉은 특히 좋아했지."

도와코 씨 집에는 술 종류가 없었다.

친척 모임에서도 무알코올 음료만 마셔서 도와코 씨는 술을 마시지 못하는 줄 알았지만 그런 것도 아닌 것 같다. 중학생 때 엄마가 이렇게 말했기 때문이다.

"요즘은 마시는 걸 보지 못했지만, 언니가 옛날에는 술을 좋아했어. 그리 세진 않았는데 자주 마셨던 기억이 나. 특히 양주, 브랜디 같은 거."

이제 나이가 있으니 몸에 신경을 쓰는 거겠지, 잘된 거야, 건강을 위해서도, 경제적으로도. 이렇게 말하는 엄마도 술을 마시지 않는다. 반주가 일상인 아빠는 그런 엄마가 불편한 것 같았지만 말이다. 불쌍해서 "내가 스무 살 되면 같이 마셔줄게."라고 했더니 아빠는 기대되네, 하고 웃었다.

"도와코 씨는 술, 마실 줄 아는데 마시지 않는 거예요?"

한번은 문득 생각나서 도와코 씨에게 물어봤다. 전혀 못 마시지 않는다면 성인이 됐을 때 함께 마셔보고 싶었다. 도와코 씨에겐 세련된 바가 아주 잘 어울릴 것 같았다. 상상만 해도 멋있다. 예쁜 색 칵테일을 같이 나란히 마셔보고 싶다.

하지만 도와코 씨는 곤란한 얼굴로 고개를 갸웃거렸다.

"술은 좋아했지만, 취해서 실수한 적이 있어서 말이야. 그 뒤로는 마시지 않고 있어."

"실수요?"

"비밀로 해야 할 일을 무심코 말해버려서."

홍차와 함께 먹은 리큐르 봉봉에 취한 건 아닐 테지만,

그날 도와코 씨는 평소보다 말이 많았다.

"말하지 않았더라면 좋은 친구로 지냈을 텐데……. 아니, 사실은 좋은 친구로 지내기 위해 계속 말하지 않고 있었지. 뒤늦게 말해봤자 서로 곤란할 뿐이니 비밀로 해두어야 했어."

"심술을 부린 거예요?"

"그런 건 아니지만 곤란하게 했어. 히나키는……, 그래, 만약에 내가 '너랑 매일 놀고 싶은데 왜 학교에 가는 거야? 나보다 학교가 더 좋아?'라고 하면 난감하겠지? 전날까지만 해도 '학교 생활 재미있어?'라고 웃으며 말했다면 더 깜짝 놀랄 테고."

도와코 씨가 그렇게 말한다면 학교 따윈 그만둘 거예요, 내가 말하자 그는 씁쓸하게 웃으며 "그러길 바란 게 아니야."라고 했다.

"그러길 바란 게 아닌데 그렇게 말해버렸어. 취해서 해롱해롱해서는. 소중한 사람이 행복해지길 바랐는데 나도 충격이었고 상대방도 기가 막혀 해서 굉장히 후회했어. 그 뒤로 술을 끊었단다."

그는 반쯤 남은 봉봉을 입에 던져넣고 손가락 끝을 닦더니 다시 홍차를 한 모금 마셨다. 그러고는 역시 맛있어,

하고는 상자 안에 나란히 있는 봉봉을 바라보며 그리운 듯 눈을 가늘게 떴다.

도와코 씨의 그 표정은 전에도 본 적이 있다.

방 서랍에 넣어둔 오래된 사진을 꺼내서 볼 때면 도와코 씨는 그런 표정이 된다. 무척 소중한 것을 보는 듯한, 한편으로 먼 곳에 있는 아픔을 확인하는 듯한 표정. 이제 어쩔 수 없다고 받아들이는 듯한 눈이다.

아무래도 도와코 씨는 그 사진에 찍힌 사람을 좋아하는 것 같았다.

도와코 씨 집에서 몇 번이나 잤던 나는 그가 사진 보는 모습을 한두 번 목격한 게 아니다. 얼핏 본 사진은 뒷면의 네 귀퉁이가 변색되어 있었다. 얼마나 오랫동안 그것을 간직해온 걸까.

"이 봉봉을 좋아한 사람은 도와코 씨가 좋아하는 사람?"

내가 묻자 도와코 씨는 "그런가." 하고 얼버무렸다.

말하자면 그것이 대답이었다.

나도 모르게 '좋아했던 사람'이 아닌 '좋아하는 사람'이라고 말해버렸지만, 도와코 씨가 부정하지 않아서—옛날 일이야, 하고 웃어넘기지 않아서 나는 확신했다.

그것은 끝난 사랑이 아니다. 지금도 도와코 씨는 그 사람을 그리워하고 있다.

"사진 속 사람이에요?"

엉겁결에 묻고선 아차 했지만, 도와코 씨는 놀라지도 화를 내지도 않았다. 아무 대답도 하지 않고 웃기만 할 뿐이었다.

취해서 무심코 말해버린 '비밀'을 도와코 씨는 자세히 얘기해주진 않았지만, 그날 나는 그가 목욕하는 동안 몰래 서랍을 열어 사진을 보았다.

죄책감은 들었지만 너무 궁금했다.

서랍 속에는 상자가 있었고 낡은 엽서들이 상자의 반쯤 차 있었다.

사진은 제일 위에 있었다.

조심스럽게 들어 올렸다.

생각한 대로 아주 낡았고 결혼식 사진이었다. 신랑과 신부가 카메라를 향해 웃고 있다.

사진 뒤에는 날짜가 있었고 '모리가와 유키·사쿠라'라고 쓰여 있다. 날짜는 40년도 전의 6월. 아마추어가 찍은 스냅 사진은 아닌 것 같다. 결혼식 답례품에 들어 있었거나 '결혼했습니다'라고 적힌 인사 편지에 동봉한 게 아닐까.

행복한 듯 서로에게 기대어 있는 두 사람 사진을 도와코 씨가 어떤 마음으로 바라보았을지, 그 생각을 하니 가슴이 쓰렸다.

다른 사람과 결혼한 사람을 아직 좋아하나? 40년 이상이나?

실망한 게 아니었다. 잊지 못하는 사람이 있다고 해도 도와코 씨가 강하고 멋진 여성이라는 사실에는 변함이 없다. 단지 그의 사랑이 이루어지지 않은 것이 슬펐다. 이루어지지 않은 사랑을 잊지 못하고 있는 것도.

도와코 씨만큼 강한 사람도 버림받는구나, 생각하다가 이내 생각을 고쳤다.

버림받은 게 아니다. 분명 도와코 씨는 자기가 버리지 않기로 정했을 것이다.

아무한테도 말하지 않고 그저 사진만 바라볼 뿐인 사랑을 소중히 품고 가기로 정했다.

그만큼 소중한 추억이다.

줄곧 좋아하는 사람이 있다는 것은 멋진 일이다. 나는 짝사랑밖에 한 적이 없지만 그래도 누군가를 좋아하는 일은 즐거웠다.

이루어지지 않은 사랑도 계속 그리워하는 자체는 나쁜 것이 아니다.

생각만 할 뿐이라면 누구에게도 상처입히지 않는다.

몇십 년이나 잊지 못할 만큼 좋아한 사람의 가장 행복한 순간의 사진을, 눈을 가늘게 뜨고 소중한 듯 바라보던 도와코 씨의 표정은 평온해 보였다. 그 사람 옆에 있는 것은 자신이 아닌데도.

그럴 수 있는 도와코 씨는 역시 다정하고 강한 사람이다.

나는 조심스레 사진을 돌려놓고 서랍을 닫았다.

도와코 씨가 좋아한 사람이니 그 사람은 분명 멋진 사람이었을 것이다.

사진 뒤에 쓰인 이름이 낯익긴 하지만 생각이 나지 않았다.

대학교 1학년 여름방학이 시작되자마자 도와코 씨의 집에 며칠 지내러 갔다. 로비에서 낯익은 관리인에게 인사하고 우편물을 꺼내러 우편함에 갔다. 포스팅이 금지된 맨션이어서 전단 종류는 들어 있지 않았다. 대신에 광고 우편물에 섞여 서중 안부* 엽서가 한 장 있었다.

예쁜 나팔꽃 그림이 눈에 들어왔다. 도와코 씨 앞으로 온 엽서다. 읽어서는 안 되지만 엽서를 뒤집었을 때 눈에 들어온 발신인 이름에 깜짝 놀랐다.

'모리가와 사쿠라'.

그 사진에 쓰인 이름이다.

사진에는 신랑 신부의 이름이 있었지만 엽서를 보낸 사람 이름은 한 개뿐이다. 아마도 신랑 이름은—기억을 되살리다가 문득 생각났다. 그렇다. 모리가와 유키와 모리가와 사쿠라. 사진을 보았을 때 그 이름을 어딘가에서 봤다고 생각했다.

도와코 씨가 아직 해외에서 일할 때 도와코 씨 우편물은 우리 집으로 전송됐다. 그 무렵 딱 한 번, 도와코 씨 앞으로 부고 엽서가 온 적이 있다. 모리가와 유키는 거기에 쓰인 이름이었다. 보낸 사람은 모리가와 사쿠라. 남편의 죽음을 알리는 아내의 엽서였다.

당시 나는 초등학생이어서 모리가와 부부를 몰랐지만, 엽서를 받은 엄마가 "모리가와 씨 남편, 돌아가셨구나."

*暑中見舞い: 1년 중 가장 더운 시기에 주변 사람들에게 엽서를 보내며 안부를 전하는 일본의 문화.

하고 중얼거려서 기억에 남아 있다.

“언니의 대학교 친구야. 부인인 사쿠라 씨하고도 친했지. 집에 놀러 온 적도 있어서 기억해. 지금은 소원해진 것 같지만.”

엄마가 그렇게 말하는 것을 그때는 대수롭잖게 흘려들었다. 소원해졌다는 건 도와코 씨가 마음을 닫고 거리를 두었다는 걸까.

나는 엘리베이터에서 내렸다. 잠시 망설이다 도와코 씨 집에 들어가기 전에 복도에서 안부 엽서를 뒤집었다. 내용은 극히 짧고 형식적이었다.

‘더위에 안부 인사 보내요. 잘 있는지요?’

거기서는 어떤 감정도 읽을 수 없었다.

도와코 씨는 오늘은 집에 있을 터다. 비상열쇠를 갖고 있었지만 인터폰 버튼을 눌렀다. ‘왔어요’라는 신호다.

어서 오렴, 안에서 소리가 나고 문이 열렸다.

“도와코 씨, 안녕하세요.”

“어서 와, 히나키.”

도와코 씨는 위아래 헐렁한 검은 옷을 입고 있다. 상의 옷깃이 시원하게 벌어졌고 소매통이 헐렁했다. 세련된 디자인이었다.

재색이 섞인 짧은 머리가 일부러 염색한 것처럼 멋있어서 지금 입고 있는 옷과 딱 어울려, 실내복 차림이어도 꾀죄죄해 보이지 않는다.

무심결에 나도 자세를 바로 했다.

"우편물, 여기 둘게요."

"고맙다. 뭐 마실래? 냉장고에 아이스커피 있는데. 히나키는 홍차지?"

"제가 가져올게요. 따뜻한 걸로 마실까나. 도와코 씨도 같은 걸로?"

"응."

도와코 씨가 대답하며 내가 거실 유리 테이블에 둔 우편물을 집어 들었다.

주방에서는 거실이 훤히 보인다.

광고 편지 봉투를 뜯어서 내용물을 확인한 그가 서중안부 엽서를 들고 움직임을 멈추는 것도 보였다. 옆얼굴만 보여서 표정은 제대로 알 수 없었지만 겨우 두 줄 쓰인 엽서를 한참 바라보는 것 같았다.

전기 주전자로 끓인 물을 홍차 포트에 따르고, 보온 덮개를 덮어서 쟁반째 거실 테이블로 날랐다.

도와코 씨는 혼자일 때는 커피를 자주 마시는 것 같다.

하지만 내가 왔을 때는 언제나 홍차다. 내가 커피를 마시지 못해서이기도 하지만, 도와코 씨는 일할 때는 커피, 쉴 때는 홍차, 이렇게 구분하는 것 같다.

"예쁜 엽서네요. 서중 안부 엽서?"

도와코 씨는 나중에 작업실 분쇄기에 끼울 광고 우편물 다발과는 따로 엽서를 테이블 끝에 챙겨두었다.

나는 찻잔 세트를 테이블에 늘어놓으면서 무심히 본 것처럼 말했다.

"답장할 거죠? 다음에 올 때 예쁜 엽서 사 올까요?"

도와코 씨의 대답은 모호했다. 필요 없다고 잘라 말하기도 어려운지 으음, 하고 고개를 갸웃하며 쓴웃음을 지었다.

"내가 해외에 있을 때는 이따금 그림엽서를 보내기도 했는데 말이야. 일본에 온 뒤로는 통 보내질 않았네."

그래도 해마다 연하장과 서중 안부 엽서를 보내는구나, 하면서 그는 엽서의 나팔꽃 그림으로 시선을 보냈다.

"그렇다면 역시 답장을 해야겠네요."

"왠지 인제 와서 보내는 것도 어색해. 몇 년이나 답장하지 않아서."

도와코 씨는 내가 따른 홍차 잔을 끌어당기며 "고마워."

라고 말하곤 입을 댔다.

“부부 둘 다 옛날에 알던 사이야. 남편은 한참 전에 세상을 떠났지만……. 그때 나는 외국에 있어서 그 사실을 몰랐어. 마침 바쁠 때여서 우편물도 제대로 확인하지 못했지. 한참 뒤에야 부고를 발견해서……. 문상도 성묘도 갈 수 없었지.”

그러고 보니 곧 기일이구나, 도와코 씨는 혼잣말처럼 중얼거렸다.

기일을 기억할 만큼 언제나 가슴속에 품고 있는 그 마음을 누구에게도, 심지어 자기 자신에게조차도 말하지 못한 채 몇십 년이나 된 사진을 바라보고만 있다니. 슬픈 감정이 올라왔다.

물론 도와코 씨가 그저 조용히 그리워하는 것만으로 되었다. 정말로 행복하다고 생각한다면 참견할 일이 아니란 건 알고 있다. 하지만 추억이 된 사랑이라면 그런 표정으로 사진을 바라보지 않는다.

좋아하는 사람은 만나고 싶을 터다. 한참 만나지 못했을 터다. 사실은 살아 있는 동안에…….

“지금이라도 가면 되죠. 가야 해요.”

나는 손에 든 잔을 입으로 가져가다 말고 소서에 돌려

놓으며 단호한 어조로 말했다.

세상 떠난 사람을 계속 그리워할 뿐이라면 그것은 더 이루어질 일이 없다. 그리고 아무도 상처 입지 않을 사랑이다. 그의 아내—사쿠라 씨에게 미안하다고 생각할지도 모르지만 생각만 할 뿐이라면 그 사람도 모른다. 적어도 묘지 앞에서 손을 모으고 사랑했어요, 라고 말하는 것쯤은 허락해줄 것이다.

"세상을 떠난 건 10년도 전이야. 인제 와서 갈 수 없어. ……홍차, 맛있다. 히나키는 정말 잘 끓이는구나."

처음부터 포기한 듯한 말투가 안타깝다. 도와코 씨답지 않다고 생각하는 것은 내 마음일 뿐이란 건 알고 있어도.

"그 사람, 좋아했어요?"

건방진 질문이었지만 정면으로 던져보았다.

도와코 씨는 나를 보지 않고 평온한 표정으로 대답했다.

"친구였어."

친구가 여름방학에 고베 이진칸 거리에 놀러 가지 않겠냐고 말했을 때 나는 바로 그러겠다고 했다. 도와코 씨에게 서중 안부 엽서를 보낸 모리가와 사쿠라 씨의 주소가 고베시 주오구였던 걸 기억해서다. 친척 대신에 인사하러 가야 할 사람이 있어서 잠깐 개별 행동을 해도 되겠냐고 하자 친구는 흔쾌히 그렇게 하라고 했다.

생각한 대로 도와코 씨는 서중 안부 엽서를 서랍 속 상자에 넣어두었다. 도와코 씨 몰래 꺼내어 주소를 적었다.

'안녕하세요. 처음 뵙겠습니다. 사사구치 도와코 씨의 조카 나카자토 히나키라고 합니다.'

몇 번이나 연습한 다음, 아끼는 방울꽃 무늬 편지지에 깨끗하게 썼다. 마침 고베에 갈 일이 있어서 이모 대신 꽃이라도 올리고 싶다고 써서 보냈더니 바로 환영한다고 답장이 왔다.

* * *

"들어오세요. 집 안은 시원해요. 잠깐만 손 좀 씻고 올게요."

수건을 목에 두른 남자는 나를 거실 소파로 안내해주고는 세면실로 모습을 감추었다가 바로 돌아왔다. 땀 흘린 티셔츠를 벗고 산뜻한 감색 셔츠로 갈아입었다. 이렇게 보니 그 사진 속의 신랑과 어딘가 닮았다.

"나카자토 히나키 씨죠. 처음 뵙겠습니다. 모리가와 사쿠라 씨의 손자인 모리가와 가즈토입니다. 할머니는 지금 장 보러 가셔서……. 히나키 씨에게 대접하고 싶은 홍차의 찻잎이 떨어졌나 봐요. 곧 돌아오실 겁니다."

"아, 제가 약속 시간보다 일찍 와서……. 죄송합니다. 생각이 모자랐습니다."

"아뇨, 아뇨. 천만에요. 만나서 기쁩니다. 사쿠라 씨……, 아니, 할머니는 당신이 오신다고 해서 무척 기다리셨어요."

가즈토 씨는 내가 무릎에 올려둔 모자를 "걸어둘게요." 하며 익숙한 손놀림으로 받아 들고는 앤티크 풍 모자걸이에 걸어주었다.

20대 중반쯤일 텐데 차분한 어조여서, 내가 아는 또래 남성의 이미지와는 완전히 달랐다. 예의가 바르지만 웃는 얼굴과 밝은 목소리 때문에 딱딱하게 느껴지지 않았다. 잘생긴 외모 때문에 상대가 부담을 느끼지 않도록 친근한 말투와 표정으로 커버하고 있다. 신사다.

이런 느낌은 도와코 씨와 좀 비슷했다.

그 시점에서 나는 그에게 호감을 느꼈다.

"사쿠라 씨와는 같이 사세요?"

"아뇨. 같이 살진 않지만 오늘은 친구와 장보기랑 정

원 청소를 도우러 왔어요. 힘쓸 남자가 있는 게 좋을 것 같아서."

그는 잠시 기다려주세요, 하고 양해를 구하더니 거실과 이어진 다이닝 룸으로 가서 주방인 듯한 문 너머로 사라졌다.

이내 돌아온 그는 쟁반에 투명하고 작은 잔을 올려서 갖고 왔다.

"민트, 싫어하지 않으시죠?"

"좋아합니다."

그러자 그는 다행이다, 하고 웃으며 낮은 테이블에 잔을 내려놓았다.

얼음이 든 투명한 액체에 민트 잎이 떠 있었다.

"민트 물입니다. 더운데 오셨으니 수분 보충하시라고요. 할머니가 돌아오시면 제대로 된 차를 드리겠습니다."

한 모금 마시니 달콤함과 동시에 입안에 박하 향이 퍼졌다. 박하 향만 낸 물인가 했더니 찬물에 민트 시럽을 탄 것 같다. 시원해서 여름 뙤약볕을 걸어온 피로가 사라지는 기분이었다.

"맛있어요."

내가 말하자 가즈토 씨는 빙그레 웃으며 다행이네요,

하고 말했다.

"지금은 그걸로 목을 축이세요. 과자도 있고, 식기 수납장도 어디에 있는지 알고는 있지만 대접하는 즐거움을 빼앗으면 할머니가 화내실 테니……. 젊은 여성 손님은 오랜만이라고 잔뜩 기대하고 계세요. 심지어 소중한 친구의 조카라고."

"아유, 그런……."

엽서에 환영한다고 쓰여 있었지만 아무래도 형식적인 인사일 거라고, 곧이듣고 기뻐해서는 안 된다고 생각했다. 도와코 씨에게조차 비밀로 하고 찾아왔는데, 갑자기 황송해진다.

"그렇게 말씀해주시니 정말 기뻐요. 면식도 없는데 폐를 끼치는 게 아닐까 걱정했어요. 그래도 가져온 꽃만이라도 꼭……. 저, 이걸 유키 씨에게."

선물이 든 종이가방에 같이 넣어둔 꽃다발을 꺼내서 건넸다. 선물에 딸린 보냉제 덕분인지 종이 가방 속에 그늘이 져서인지 더운 날씨에도 다행히 꽃이 시들지 않았다.

"젖은 휴지로 뿌리를 감싸서 한동안은 이대로도 괜찮을 거예요."

"고맙습니다. 사진 앞에 둘게요. 저는 꽃을 잘 꽂을 줄

몰라서 할머니 오실 때까지 여기에…….”

서랍장 위에 영정인지 남성의 사진이 있었다. 가즈토 씨는 정중하게 꽃다발을 올려 놓았다. 서랍장 위에는 그 결혼식 사진도 나란히 있었다. 액자에 넣어두어서인지 도와코 씨가 갖고 있는 것만큼 바래진 않았다.

신랑과 신부의 모습이 더 또렷하고 현실감이 있었다. 솔직히 예쁘다고 생각했다. 잘 어울리는 두 사람이다.

“이 사진, 이모도 갖고 있어요.”

“결혼식 때 사진이죠. 할머니가 좋아하는 사진이랍니다. 제일 예쁘게 찍혔다고.”

“하하.”

엉겁결에 웃었다.

귀여운 사람이다. 아직 만나지 못했지만 좋아질 것 같았다.

“아, 죄송해요. 이것도……. 선물이랍니다. 초콜릿이에요. 보냉 가방에 들어 있지만 시원한 곳에 두는 편이 좋을 것 같아서요.”

꽃도 봉봉도 원래는 사쿠라 씨 본인에게 직접 전하고 싶었다. 하지만 보냉 가방이긴 해도 한여름에 도쿄에서 가져온 것이니 빨리 시원한 곳으로 옮기는 편이 좋다.

리큐르 봉봉 상자를 보냉 가방에서 꺼내 건네자 가즈토 씨는 "이렇게 정성스럽게……." 하고 받아 들었다.

상자를 들고 주방으로 가는 뒷모습을 지켜본 뒤 새삼 실내를 둘러보았다. 마음이 평온하게 정돈된 방은 전체적으로 유럽풍이다. 레이스 커튼 너머로 부드러운 빛이 실내로 들어왔다.

쿠션에 놓인 풀꽃 자수가 귀엽다. 은은하고 좋은 향이 난다고 생각했더니 등나무 바구니 속에 라벤더 다발이 들어 있었다.

"멋진 방……."

무심결에 소리가 흘러나왔다. 안정된 분위기는 딱 내 취향이다. 하지만 복잡한 기분이었다.

이 집에 사는 사람은 아마도 도와코 씨와는 전혀 다른 타입일 것이다. 도와코 씨가 좋아한 사람은 도와코 씨와는 정반대인 여성과 결혼했다. 그 사실은 도와코 씨에게 고통스러웠을까, 아니면 오히려 구원이었을까.

"사쿠라 씨는 어떤 분이세요?"

주방에서 돌아온 가즈토 씨에게 물었다. 그가 대답하려고 할 때, 현관 쪽에서 문 여는 소리가 들렸다.

"다녀왔어. ……어머나."

현관에서 내 신발을 발견한 것 같은 목소리가 들렸다. 중후하고 우아한 음색이었다.

가즈토 씨가 "다녀오셨어요, 사쿠라 씨." 하고 말했다.

나는 황급히 소파에서 일어나 문 쪽으로 향했다.

거실로 들어온 여성은 나이를 먹긴 했지만 틀림없이 그 사진에 있던 신부였다.

가냘픈 몸매에 하얀 피부. 안개꽃 꽃다발이 어울릴 것 같은 하늘하늘한 분위기였다. 흰머리를 뒤로 묶고 왼손에는 양산을, 가슴에는 갈색 종이가방을 안고 있었다.

"어, 사쿠라 씨, 혼자 왔어요?"

"나머지 장 본 건 다카세 씨한테 맡겼어. 나는 홍차만 들고 먼저 돌아왔단다."

양산과 종이가방을 가즈토 씨에게 건네고 사쿠라 씨는 웃는 얼굴로 나를 향했다.

"안녕하세요. 모리가와 사쿠라예요. 나카자토 히나키 씨? 만나서 기뻐요."

예쁜 목소리. 몸짓도 우아하다. 엉겁결에 네, 라고밖에 하지 못했다. 한 박자 뒤에야 "저야말로." 하고 덧붙였다.

사쿠라 씨는 빙그레 웃었다. 가즈토 씨의 이목구비는 사쿠라 씨와 별로 닮지 않았지만 웃는 모습은 같았다.

"미안해요. 손님을 기다리게 해서."

"아닙니다……."

"바로 차 준비할게요. 가즈토, 물 좀 끓여줄래?"

사쿠라 씨가 편히 앉아요, 하고 권해서 나는 털썩 앉았다.

사쿠라 씨와 가즈토 씨가 나란히 서 있자, 할머니와 손자라기보다 귀족 부인과 기사 같았다. 두 사람 다 자세가 바르고 몸짓이 아름다워서일까. 함께 서 있기만 해도 그림 같았다.

멋있다고 생각하다 나는 또 도와코 씨를 생각했다. 사쿠라 씨와 유키 씨도 분명히 이런 느낌이었겠지. 보고 있기만 해도 미소가 지어지는 잘 어울리는 두 사람.

도와코 씨는 이런 모습을 보고 두 사람에게서 떠났을지도 모른다. 멋대로 그렇게 상상했다.

"꽃이랑 과자를 선물로 주셨어요. 꽃은 저기에."

"어머나, 예뻐라. 고마워요. 지금 바로 꽃병에 꽂을게요."

사쿠라 씨는 내 쪽을 보며 미소 짓더니 꽃다발을 안아 올렸다.

"가즈토, 계단 아래 창고에 유리 꽃병 있으니까 꺼내다 줄래?"

사쿠라 씨가 라벤더색 치맛자락을 나풀나풀 날리며 거실을 가로질러 주방으로 들어갔다.

잠시 후 싹둑 하고 꽃줄기를 자르는 소리가 들려왔다.

가즈토 씨가 어딘가에서 꽃병을 갖고 왔고, 몇 분 지나지 않은 사이에 사쿠라 씨는 꽃병을 소중하게 들고 거실로 돌아왔다. 그러고는 서랍장 위 두 장의 사진 사이에 꽃병을 놓아 장식하고, 손으로 꽃의 각도를 다듬고는 나를 돌아보았다.

"고마워요. 예쁘네."

흰색을 기조로 한 꽃은 집에도, 결혼식 사진에도 잘 어울렸다. 지금의 사쿠라 씨에게도 잘 어울렸다. 나는 재치 있는 말 한마디 못 하고 한 박자 늦게 웃기만 했다. 이렇게 꽃이 잘 어울리는 사람은 처음이라고 생각했다.

"그럼, 차 마실까요. 잠깐만 기다려요."

사쿠라 씨는 휘릭 돌아서더니 유리문이 달린 그릇장에서 작은 파란색 꽃무늬 찻잔 세트를 꺼냈다. 가즈토 씨가 얼른 와서 도왔다.

나는 붙어 있는 방의 다이닝 테이블에 다기와 과자를 차리는 모습을 소파에서 바라보았다. 내가 지루하지 않도록 사쿠라 씨는 손을 움직이면서 이것저것 말을 걸었다.

"영국에서는 홍차와 셰리주로 손님을 대접해요. 하지만 히나키 씨는 미성년자니까."

"아까 민트 물 마셨습니다."

"오, 마음에 들었을라나."

"네, 아주!"

홍차 이외에는 다 준비가 되어 있었던 듯, 나는 바로 다이닝 테이블로 불려 갔다.

긴장하며 앉아 있으니 사쿠라 씨가 찻주전자와 세트인 잔에 홍차를 따라주었다. 작은 유리 피처에 든 꿀과 더 진한 색의 시럽 같은 것도 곁들여서 내주었다.

"브랜디와 꿀은 취향대로 넣어요. 과자도 좋아하는 것으로 먹어요. 의욕이 넘쳐서 많이 만들었으니 다 먹지 못한 건 갖고 가요."

테이블에 늘어놓은 과자는 사쿠라 씨가 손수 만든 것 같았다. 키르슈바서*에 절인 체리 초콜릿케이크, 오렌지 시폰 케이크, 밤 테린느,** 크림을 사이에 끼운 비스킷……. 사쿠라 씨는 일일이 설명해주었다.

"굉장해요. 전부 맛있어 보여요. 뭘 먹지……."

* 체리로 만든 증류주.

** 최소량의 밀가루로 꾸덕하게 구운 과자.

눈이 돌아갈 만큼 맛있어 보이기도 했지만 무엇보다 양이 엄청났다. 각각의 과자 양은 조금씩이지만 종류가 많았다. 이만한 가짓수를 만들려면 정말 힘들었을 텐데. 사쿠라 씨가 정말로 나를 환영한다는 느낌을 받았다.

"싫어하는 것 있으면 서슴지 말고 말해줘요. 포피 시드 케이크와 레몬 케이크에는 술이 들어가지 않았어요. 이 쿠키도. 비스킷 쪽은 크림에 사과 브랜디가 들어갔지만."

"술이 든 과자, 좋아해요."

"그렇다면 사바랭*을 추천해요. 살짝 술 향기가 강할지도 모르지만, 싫지 않다면요."

사바랭부터 먹기로 했다. 시럽이 스며든 브리오슈 생지에 생크림을 짜서 과일로 장식했다.

입에 넣자, 양주와 홍차 향이 나는 시럽이 천천히 스며나와 혀 위로 퍼졌다. 은은하게 살구 맛도 났다. 사쿠라 씨가 말한 대로 술의 풍미가 강했다. 거기에다 홍차를 한 모금 마시니, 미칠 듯이 좋았다.

행복해서 뺨이 흐물흐물해졌다.

무엇 때문에 왔는지를 잊을 뻔했다.

소감을 말할 것까지도 없이 표정에 드러났는지 사쿠라

* 럼주나 브랜디를 넣은 시럽에 담가 술맛이 느껴지는 프랑스 과자.

씨는 "입에 맞는 것 같아서 다행이네." 하고 웃었다.

"그럼 저는 그만 가볼게요. 무슨 일 있으면 언제든 불러 주세요. 따뜻한 물이나 우유가 더 필요하실 때도요."

가즈토 씨는 찻주전자에 보온 덮개를 씌우고 방에서 나갔다. 정원을 손질하러 가는 걸까. 얼른 "감사했습니다!"라고 말하자, 그는 살짝 돌아보며 미소 지었다.

"왕자님 같아요."

우와, 하고 숨을 토하며 내가 말하자 사쿠라 씨가 자연스럽게 받았다.

"그렇게 자랐죠."

살짝 의기양양한 모습이 귀엽다. 내가 웃었더니, 사쿠라 씨도 웃었다.

"이모는 건강하시죠?"

"네, 지금도 현역으로 바쁘게 일하고 있습니다."

그래서 좀처럼 오질 못한다고 은근히 말할 셈이었다.

그렇구나, 사쿠라 씨는 대답하고는 잔에 손을 내밀었다.

"그러고 보니 이모는 젊은 시절부터 해외를 돌아다녔죠. 영어뿐만 아니라 프랑스어도 잘해서 여러 곳에서 사랑받고……."

그는 소리 내지 않고 한 모금 마신 뒤, 컵을 소서에 내려놓고 작은 은색 포크를 들었다. 손잡이 부분이 흰나비 조개로 장식된 예쁜 포크다.

"이 사바랭도 프랑스 과자인데 이모가 가르쳐줬어요. 맛있는 과자가 있다면서. 레시피는 내가 찾아봤지만요."

완전히 단골 간식이 됐어요, 하고 사쿠라 씨는 시럽이 스민 브리오슈를 크림과 함께 입으로 가져갔다. 그러고는 만족스러운 표정으로 음, 맛있게 됐네, 하고 빙그레 웃는 것이 귀여웠다.

"이모는 옛날부터 똑똑하고 감각 있고 멋있었어요. 모두에게 동경의 대상이었죠. 지금도 별로 달라지지 않았죠?"

"네, 지금도 멋있습니다."

내 대답에 사쿠라 씨는 "그렇군요." 하고 기쁜 듯이 웃었다. 역시 멋있는 사람이다. 얘기해보니 더 멋있다.

도와코 씨가 오랫동안 유키 씨도, 사쿠라 씨도 만나지 않은 것이 이해가 갔다. 처음에는 잘 어울리는 두 사람에게 주눅이 들었거나 상대가 되지 않겠다고 생각해서 물러났을까 생각했지만, 그렇지 않았다. 도와코 씨는 그런 사람이 아니다.

사쿠라 씨가 멋진 사람이고 소중한 친구여서 유키 씨뿐

만 아니라 사쿠라 씨도 정말로 좋아해서 그녀에게 상처를 주지 않겠다고 생각한 것이다. 도와코 씨는 착하고 멋있는 사람이니까.

"사쿠라 씨와 도와코 ㅆ…… 이모는, 어떻게 아는 사이예요?"

"도와코 씨라고 해도 돼요. 나도 도와코를 이모라고 부르는 게 왠지 간지러우니까 그만둘게요. 당신의 이모인 건 틀림없지만."

사쿠라 씨는 그렇게 말하고 작은 새처럼 고개를 갸웃거렸다.

"도와코와 나는 고등학교 동창이었어요. 대학도 같았죠. 아니, 지망한 학교가 같아서 얘기를 나누게 됐던가. 학부는 달랐지만."

"남편분과도 친구였다고 들었어요."

"맞아요, 그래요. 남편은 대학교 때 한 학년 선배로, 만난 건 도와코와 남편 쪽이 먼저였죠. 두 사람은 같은 학부였어요."

유키 씨에게 사쿠라 씨를 소개한 것은 도와코 씨였을까. 그때는 이미 도와코 씨도 유키 씨를 좋아했을까.

상상하니 안타까워졌지만 너무 깊이 파고들지 말자는

생각이 들었다. 도와코 씨가 숨기고 싶어 하는 추억이다. 나는 우연히 알게 됐지만, 도와코 씨는 평생 아무에게도 자기 마음을 알리지 않을 생각인 듯하니 말이다.

처음에는 도와코 씨와 유키 씨를 만나게 해주고 싶다고, 적어도 묘지 앞에 꽃이라도 올리고 좋아했어요, 하고 전하게 해주고 싶다고 생각했다. 그러면 좋아하는 마음을 흘려보낼 수 있지 않을까, 편해지지 않을까, 멋대로 생각했다.

하지만 도와코 씨는 이루지 못한 사랑을 깨끗한 그대로 품고 있었을지도 모른다. 사쿠라 씨와의 우정을 더럽히지 않고, 유키 씨와 함께한 세 사람의 추억도 즐거운 기억으로 간직하기 위해 두 번 다시 만나지 않기로 마음먹었는지도 모른다. 이루어지지 않아도 괜찮다고 포기했지만, 그러나 버리지도 않고, 아픔과 안타까움도 포함하여 소중히 간직하고 있을지도 모른다.

그렇다면 이곳에 온 것은 완전히 나 혼자 오지랖을 부린 것이었다. 아이 같은 내 생각과 행동이 갑자기 부끄러워졌다. 도와코 씨가 없는 곳에서 그의 연애에 관해 내가 더 알아서는 안 된다.

나는 질문을 멈추고 시폰 케이크를 입으로 가져갔다.

양주와 오렌지 향이 났다.

사쿠라 씨는 한동안 내가 먹는 모습을 바라보더니 "저기," 하고 입을 열었다.

"오늘은 어떻게 온 거예요? 무척 반갑지만 궁금해서."

나는 폭신폭신한 케이크를 삼켰다.

"도와코 씨가 인사하러 오지 못하는 것을 계속 신경 쓰는 것 같아서……. 특히 남편분이 돌아가신 다음에 문상 가지 못한 것을요. 하지만 몇 년이나 지난 뒤에 찾아가는 것도 뭔가 어색하셨는지……."

말할 수 없는 부분도 있겠지만, 사쿠라 씨에게 거짓말은 하고 싶지 않아서 신중히 단어를 골랐다.

"마침 이쪽으로 올 기회가 생겨서 제가 대신 찾아뵙기로 했어요. 민폐일지도 모른다고 생각했지만……. 실은 도와코 씨에게는 말하지 않고 왔어요."

어이없어 하지 않을까 했지만 사쿠라 씨는 "그랬군요." 하고 고개를 끄덕일 뿐이었다.

"도와코에게 줄곧 연락이 없어서 어떻게 된 걸까 궁금했는데……. 그 말을 듣고 나니 이해가 되네요. 도와코는 별나게 의리가 강하다고 할까, 고집스러운 면이 있었죠."

사쿠라 씨는 고개를 숙이고 조그맣게 숨을 쉬더니 어렵

다는 듯이 눈꼬리를 축 내렸다.

“어색해하지 않아도 될 텐데. 몇 년이 지났어도 개의치 말고 만나러 와주면 좋을걸.”

그때 처음으로 궁금해졌다. 지금 도와코 씨와의 관계—몇 년이나 일방적으로 계절 인사를 보내기만 하는 관계에 관해 사쿠라 씨는 어떻게 생각하고 있을까.

줄곧 만나지 않았고 엽서에 답장도 하지 않는데, 그래도 연하장이나 서중 안부 엽서를 계속 보내는 사쿠라 씨는 그동안 무슨 생각을 하고 있었을까. 보통 같으면 몇십 년 동안 답장이 오지 않으면 엽서를 끊을 법한데 말이다.

엽서를 계속 보냈다는 것은—언젠가 답장이 오리라고 믿고 기다린 걸까. 답장이 없어도 받기만 하면 그걸로 됐다고 생각한 걸까. 어느 쪽이든 도와코 씨와 연결되고 싶은 마음의 표현일 것이다.

사쿠라 씨가 도와코 씨와 예전처럼—연락을 주고받는 친구 사이로 돌아가길 원해서 계속 엽서를 보낸 거라면 낡은 사진을 아직도 소중히 간직하는 도와코 씨와 조금 닮았다. 하지만 그 행동에는 이해되지 않는 부분도 있었다. 나라면 어떻게든 이어지고 싶은 친구에게 더 적극적으로 연락을 해봤을 것이다.

사쿠라 씨는 해마다 연하장이나 서중 안부 엽서를 보냈지만 자기가 먼저 도와코 씨를 만나러 가거나 전화를 걸지는 않았던 것 같다. 서중 안부 엽서에도 계절 인사 말고는 단 한 줄, '잘 있니?'라고 쓰여 있을 뿐이다.

—어쩌면 사쿠라 씨는 도와코 씨가 왜 자기를 만나려고 하지 않는지 알고 있을지도 모른다. 도와코 씨가 고통스러운 마음으로 자신을 떠난 것도. 유키 씨가 세상을 떠난 뒤에도, 그 때문에 친구였던 사쿠라 씨를 대하기 어려웠을 거란 것도.

그래서 더 가까이 가진 못하고, 그래도 아직 너를 친구로 생각하고 있다고, 그걸 표현하기 위해 해마다 엽서를 보낸 걸까.

그렇다면 도와코 씨도, 사쿠라 씨도 서로 마음은 있지만, 이유가 있어서 만나지 않은 것이다. 두 사람은 유키 씨가 떠난 뒤에도 서로를 생각하고 있었다.

역시 내 생각과 행동은 너무나 유치했다. 내가 한 일은 단순한 오지랖이다. 새삼 부끄러워졌다.

"히나키 씨는 도와코를 아주 좋아하는군요."

사쿠라 씨가 불쑥 말했다.

내가 얼굴을 들자 사쿠라 씨는 홍차 잔을 양손으로 감

싼 채 미소 짓고 있었다.

"나도 도와코를 정말 좋아해요. 그래서 히나키 씨 편지를 받았을 때 굉장히 기뻤어요. 와줘서 고마워요."

내 생각이 다 보였나 싶은 타이밍이었다.

가슴이 먹먹해서 말이 나오지 않았다.

나란 인간이 참 단순하다고 스스로 비웃고 있었는데 그 한마디로 구원받은 기분이었다. 용서받았다고 생각했다.

이제는 없는 유키 씨를 사이에 두고 두 사람이 소중히 지켜온 세계에 흙발로 들이닥치듯 무례한 짓을 했다고 생각하니 울음이 터질 것 같다. 하지만 그것이 조금이라도 사쿠라 씨에게 희망을 주었다면—어쩌면 다시 두 사람을 잇는 계기가 된다면.

오길 잘했다.

나는 그제야 "네." 하고 대답했다.

기쁨과 동시에 무안해져서 이러다 눈물까지 쏟을까봐 얼른 과자로 시선을 보냈다.

"사바랭, 정말 맛있어요. 이 비스킷 샌드도. 크림이 달고 향이 좋아요."

내가 울먹거리는 걸 눈치채지 못했는지, 아니면 모르는 척해주는 건지 사쿠라 씨는 "다행이네요." 하고 웃으며 새

과자를 권했다.

"2, 3개월 지나면 생밤으로 만들 수 있는데……."

유감스러워하면서 사쿠라 씨는 밤 테린느를 잘라 접시에 한 조각 올려주었다. 생밤이 아니어도 충분히 맛있을 것 같다.

"난 술 자체는 별로 좋아하지 않는데, 술 풍미가 나는 과자는 좋아해요. 오늘은 만들지 않았지만, 와인 젤리라든가."

"앗, 저도요. 어릴 때부터 좋아해서 어른이 되면 술을 잘 마시겠다는 소릴 곧잘 들었답니다."

"도와코도 술을 좋아했죠."

그리 세진 않지만, 하고 사쿠라 씨는 자기 접시에도 테린느를 덜어가면서 덧붙였다.

"요즘은 마시지 않는 것 같아요……."

"어머나, 그래요?"

"아, 하지만 도와코 씨도 술이 든 과자는 좋아하세요. 리큐르 봉봉이라든가."

그 말을 하고 나서 선물로 갖고 온 봉봉이 생각났다.

"오늘 선물로 갖고 온 초콜릿, 리큐르가 든 봉봉이랍니다. 가즈토 씨가 시원한 곳에 넣어두신다고……."

"어디 뒀을까. ……아, 있다, 이거네!"

사쿠라 씨는 벌떡 일어나서 주방을 들여다보고 봉봉 상자를 들고 돌아왔다. 포장지만 보고도 어느 가게의 것인지 아는 듯 얼굴이 환해졌다.

"나, 이거 굉장히 좋아해요."

특히 이 가게의 것이 맛있어, 오랜만이네, 기뻐라, 사쿠라 씨는 소녀처럼 들떠서 말했다.

"좋아하는 가게였는데 결혼해서 이리로 이사 온 뒤로는 좀처럼 먹을 기회가 없었어요. 남편이 출장 갔다가 사다 준 적은 있지만, 몇 년 만인지……."

이렇게 기뻐해주니 사 온 보람이 있었다. 잘됐네요, 하고 웃다가 ……어? 뭔가가 떠올랐다. 이 과자를 좋아하는 사람이 있어서, 하고 그리운 듯 얘기하던 도와코 씨의 얼굴이었다.

그때 나는 그 사람이 도와코 씨가 좋아하는 사람이냐고 물었다. 도와코 씨는 부정하지 않았다.

"남편분도 이 과자, 좋아하셨어요?"

"아니, 남편은 전혀 술을 마시지 못해서 과자나 요리에 조금 들어가는 것조차도 못 먹었어요. 그래서 나 혼자 먹으려고 사는 것도 왠지 그래서."

어쩌면 나는 처음부터 착각했던 게 아닐까.

도와코 씨가 얘기한 리큐르 봉봉을 아주 좋아했던 사람.

도와코 씨에게 봉봉 가게를 가르쳐준 사람.

문구함에 넣어서 곱게 간직한 엽서—도와코 씨가 소중한 듯이 바라보던 사진. 도와코 씨가 보고 있었던 것은. 결혼식 사진을 바라보면서 생각한 것은.

"……사쿠라 씨, 혹시 도와코 씨와 술을 마신 적 있으세요?"

내 질문에 사쿠라 씨는 끄덕였다.

"한참 옛날에 딱 한 번. 생생하게 기억이 나요."

"혹시 도와코 씨가 그때 무척 취했었나요?"

좀, 하고 사쿠라 씨는 웃는 얼굴로 말을 흐렸다.

"결혼식 바로 뒤였으니까……, 40년쯤 전이었나. 둘이서만 마신 건 그게 처음이자 마지막이었죠."

직감했다.

도와코 씨가 얘기한 '실수', 숨겨야 할 일을 숨기지 못한 것은 그때 일이었다.

"도와코 씨가 술을 마신 것은 그때가 마지막일지도 몰라요. 어떤 계기가 있어서 술을 마시지 않게 됐다고 얘기한 적이 있어요."

"그건……. 기뻐해야 할지, 슬퍼해야 할지, 화를 내야 할지 모르겠네요. 마지막 술자리 상대였다는 건 영광일지도 모르지만……, 도와코에게는 기억하고 싶지 않은 추억이었으려나."

사쿠라 씨가 씁쓸하게 웃었다.

기분을 상하게 한 걸까.

내가 변명하려고 하는데 그가 먼저 선수 치듯이 말을 꺼냈다.

"내겐 나쁜 추억이 아니었어요."

노래하듯이 말하고 사쿠라 씨는 포트에 손을 뻗었다.

"그때 도와코가 취해 있긴 했고, 평소에는 그러지 않는데 좀 멋대로 말을 하긴 했어요. 취중진담이라고 생각하지 않지만 취하지 않았더라면 듣지 못했을 말을. 하지만 그 또한 도와코의 본심이었겠죠. 깜짝 놀랐지만 실망하진 않았어요. 술 덕분에 그걸 알게 된 거죠."

그 마음을 나는 받아주지 못했지만, 사쿠라 씨는 그렇게 말하고는 눈을 가늘게 떴다.

"언제나 멋있는 도와코가 멋있지 않은 모습을 보인 것은 그때뿐이어서, 난 기뻤어요."

그 표정이 사진을 바라볼 때의 도와코 씨와 닮아서 나

는 그제야 이해했다.

도와코 씨의 사랑은 일방통행이 아니란 것. 그리고 지금도 끝나지 않았다는 것. 적어도 사쿠라 씨는 그 사실을 알고 있다는 것.

권하는 대로 홍차를 더 마셨다. 술이 듬뿍 든 과자를 먹어도 안색이 바뀌지 않는 나를 보고, 사쿠라 씨는 도와코보다 히나키 쪽이 술이 더 센 것 같네, 하며 웃었다.

그때 밖에서 정원으로 난 커다란 창을 콩콩 두드리는 소리가 났다. 거의 동시에 창이 열리고 가즈토 씨가 얼굴을 내밀었다.

"아, 얘기 중에 죄송해요. 사쿠라 씨, 물받이는 깨끗이 치웠어요. 그리고 다카세한테 연락이 왔는데 이제 곧 도착한대요."

정원에서 작업을 하고 있었는지 가즈토 씨의 이마에는 땀이 송골송골했지만, 그조차 반짝거렸다. 조금도 덥고 힘들어 보이지 않는다. 말투나 행동에 품위가 있어서다.

사쿠라 씨가 기사를 달래는 귀부인처럼 "고마워, 가즈토." 하고 말했다. 가즈토 씨는 아닙니다, 대답하고서는 내 쪽을 보며 말했다.

"집 앞에서 만날 때부터 생각했는데, 나카자토 씨와 사쿠라 씨는 어딘가 닮았어요. 분위기랄까."

테이블을 사이에 두고 앉은 나와 사쿠라 씨를 보고 문득 생각났다는 듯이 말했다.

"그렇게 있으니 저보다 나카자토 씨가 더 손녀 같아요."

듣고 보니 정말로 머리 모양이나 옷 취향이 비슷한 것 같다. 긴 머리, 긴 치마, 옅은 색에 풍성하고 고전적인 디자인.

사쿠라 씨는 그런가? 하고 고개를 갸웃거리며 나와 가즈토 씨를 번갈아 쳐다봤다.

"이렇게 예쁜 아가씨와 닮았다니 나는 기쁘지만."

저야말로 영광입니다, 나는 대답하면서 아, 그런가, 하고 깨달았다.

사쿠라 씨를 봤을 때 첫눈에 멋진 사람이라고 생각했다. 우아한 몸짓도, 말투도, 몸에 걸친 것도 내 취향이었고 내가 되고 싶다고 생각한 이상형이었다. 취향이 같다는 것은 닮았다는 것이다. 그리고 닮았다는 것은 아마 우연이 아닐 것이다.

홍차를 좋아하고 달달한 과자와 케이크를 좋아하고 특히 리큐르 봉봉을 좋아하고. 예쁘고 섬세하고 귀여운 것을 좋아한다.

나를 그렇게 키운 것은 도와코 씨였다.

친구가 기다리고 있다고 했더니 사쿠라 씨는 아쉽네, 하면서 과자를 싸주었다. 며칠 보관이 가능한 것만 골라서 상자 두 개에 나눠 담더니 튼튼해 보이는 종이가방에 넣어서 건네주었다.

"가을이 되면 생밤을 조려서 밤테린느를 만들 거예요. 반으로 자른 단면에 커다란 밤이 보여서 보기만 해도 먹음직스럽죠. 또 먹으러 와주면 좋겠네요."

다음에는 도와코 씨도 함께, 하고 굳이 말로 하지 않아도 그 마음이 전해졌다. 나는 사명감으로 공손하게 종이가방을 받아 들었다.

"짐을 늘려서 미안해요."

"아닙니다. 기뻐요. 감사합니다. 도와코 씨에게 잘 전할게요."

과자는 하나같이 맛있었지만, 특히 밤 테린느는 도와코 씨가 좋아하는 브랜디를 사용했다고 사쿠라 씨가 차를 마실 때 알려주었다. 사쿠라 씨가 사바랭과 크림 과자뿐만 아니라 보관이 긴 과자를 잔뜩 준비한 이유는 이미 알고 있었다.

건네받은 종이가방은 보기보다 묵직했고, 몇 겹으로 포

장돼 있어도 달콤한 향이 은은히 풍겼다.

“술을 듬뿍 사용해서 며칠은 갈 거예요. 하지만 갓 만들었을 때 먹어야 맛있는 것과 갖고 가면 먹지 못하는 게 있어요. 칼바도스나 사과 아이스크림 같은 게 그렇죠. 사바랭도 들고 다니기엔 좋지 않아요.”

사쿠라 씨는 나를 똑바로 보며 천천히 말했다. 마치 나를 통해 그 너머의 도와코 씨를 보듯이.

“마음이 내키면 먹으러 오라고 전해줄래요?”

술을 좋아하지만 세지는 않았다는 도와코 씨가 딱 한 번, 취해서 추태를 부렸다는 추억. 비밀로 해두어야 할 것을 말해버렸다는—그 일을 도와코 씨도, 사쿠라 씨도 기억하고 있었다.

양주가 듬뿍 든 과자. 한 번 더, 이번에야말로 너의 본심을 듣고 싶어, 하는 사쿠라 씨의 메시지가 전해졌다.

“네. 꼭 전하겠습니다.”

소중하고 소중하게 종이가방을 안고 나는 사쿠라 씨에게 약속했다.

사쿠라 씨의 배웅을 받으며 현관을 나와서 벽돌로 만든 현관 기둥을 나오자, 집 앞 보도에 가즈토 씨가 있었다.

오른손에는 가지치기 가위를, 왼손에는 커다란 비닐봉지를 들고 있었다. 비닐에 초록색 나뭇잎과 가지가 비쳐 보였다. 담 너머로 삐져나온 가지를 자르고 떨어진 잎을 모으고 있었던 것 같다.

가시는 거예요? 가즈토 씨가 말을 걸어서 나는 실례했습니다, 하고 머리를 숙였다.

"숙녀를 배웅하는데 이런 차림이어서 죄송합니다."

"아니요, 멋있어요. 목장갑과 수건 두른 차림도요."

신사나 숙녀나 복장보다 사람 자체가 중요하다.

내 말에 가즈토 씨는 봉지를 발밑에 내려놓고 목에 건 수건으로 땀을 닦으며 웃었다.

"역시 나카자토 씨는 사쿠라 씨와 닮았어요."

"가즈토 씨도 도와코 씨를 닮았어요."

가즈토 씨는 우와, 하는 얼굴을 했다. 놀랐다기보다 역시 그렇군요, 혹은 아셨어요? 하는 것 같았다.

나는 웃는 얼굴로 답했다.

많은 것을 말하지 않아도 두 사람 다 자기들이 비슷한 처지에 있다는 걸 이해하고 있다.

"도와코 씨 얘기는 사쿠라 씨에게 몇 번이나 들은 적이 있어요. 왕자님 같은 사람이었다고요. 여자분이란 건 알고 있었지만."

"저는 도와코 씨한테 사쿠라 씨 얘기를 들은 적이 없다고 생각했어요. 그런데 오늘 만나보니 도와코 씨가 얘기한 사람은 사쿠라 씨였네요."

마치 동지라도 된 듯 서로 난감하네요, 하는 표정을 지으며 웃었다.

"사쿠라 씨는 항상 저를 이해해주는 분이었어요. 물론 지금도 그렇고요. 당신에게 도와코 씨도 그렇지 않나요?"

내가 끄덕이자, 가즈토 씨의 눈이 가늘어졌다.

"사쿠라 씨가 옛날에 얘기해준 적 있어요. 함께하진 못했지만 줄곧 좋아하던 사람이 있었고, 문득문득 그 사람을 생각한다고."

도와코 씨와 똑같다.

앗, 하고 생각한 그 표정이 드러났는지 가즈토 씨는 나를 보고 조그맣게 끄덕였다.

"그 무렵 아직 할아버지가 살아 계셔서 깜짝 놀랐어요. 할아버지를 좋아하지 않아요? 하고 묻고 말았죠. 사쿠라 씨는 웃으며 할아버지도 좋아해, 그 사람은 또 다른 마음이야, 그랬던 것 같아요."

"……대단하세요."

어린 손자에게 그런 얘기를 한다는 자체가 대단하다. 아마 가즈토 씨는 특별히 머리가 좋은 아이여서 사쿠라 씨와도 사이가 좋았을 테지만, 그래도.

가즈토 씨는 "그런 사람이에요." 하고 웃었다.

"그 후 몇 번 제가 먼저 사쿠라 씨에게 그 사람을 아직 좋아하는지 물어봤어요. 그때마다 좋아하지, 그랬답니다."

바람이 불어서 가즈토 씨가 든 비닐봉지가 바스락바스락 소리를 냈다.

나는 모자를 손으로 눌렀다. 왼손에 든 종이가방의 케이크에서 달콤한 향이 풍겼다.

"지금도 행복하니까 후회하는 건 아니지만 가장 좋아하는 사람에게 좋아한다고 말했더라면, 그 사람과 있는 것을 선택했더라면 어떻게 됐을까, 지금도 그런 생각을 한다고 했어요. 그분 얘기를 할 때 사쿠라 씨는 슬퍼 보이지 않았어요. 하지만 전 언젠가 사쿠라 씨가 그분을 만났으면 좋겠다고 생각했어요."

그분이 누구인지 알게 된 건 최근이지만요, 하고 덧붙였다.

"사쿠라 씨는 그런 사람이라……, 그래서 제가 하고 싶은 대로 하게 해주었어요. 사쿠라 씨만 단 한 번도 제 선택을 반대하지 않았어요."

가즈토 씨의 시선 끝에 감색 차가 보였다. 언덕을 올라와서 이쪽으로 다가오는 차를 향해 그가 손을 들었다.

아마도 운전하는 사람은 사쿠라 씨 집안일을 도우러 왔다고 하는 그의 친구일 것이다. 사쿠라 씨에게 부탁받은 장보기를 마치고 돌아온 것 같다.

"감사했습니다."

"저야말로 만나서 좋았어요. ……역으로 가십니까?"

"아, 아뇨. 친구랑 이 근처 호텔에서 만나기로 했어요. 걸어갈 수 있는 거리여서."

호텔 이름을 듣더니 가즈토 씨는 여기서라면 이렇게 가는 게 찾기 쉬울 겁니다, 친절하게 길 안내를 해주었다.

"꼭 또 와주세요."

"네, 감사합니다. 꼭."

한 번 더 인사를 하고 걷기 시작했을 때 감색 차가 스쳐지났다.

잠시 후 돌아보니 마른 남자가 차에서 내리고 있었다. 가지치기 가위와 비닐봉지를 두고 나온 가즈토 씨가 그에게서 장바구니를 받아 들었다.

두 사람은 아주 친근해 보였다. 친구라고 하기에는 거

리가 가까운 느낌이다. 그를 향하는 가즈토 씨의 표정이 달랐다.

아하, 하고 깨달은 것과 동시에 가즈토 씨가 문득 이쪽을 보다 눈이 마주치자 빙그레 웃었다. 그 눈이 마치 정답입니다, 하고 말하는 것 같았다.

나는 끄덕 머리를 숙이고, 다시 앞을 향해 걷기 시작했다. 과자와 양주 향을 풍기며 최대한 우아하게, 반듯하게.

첫사랑 소다

사카이 기쿠코

사카이 기쿠코

1977년 와카야마현에서 태어났다. 2008년《벌레가 사는 곳》으로 올요미우리 신인상을 수상하며 데뷔했다. 2017년《따끈따끈한 밥 이자카야 젠야》로 다카타이쿠상, 역사시대 작가 클럽상 신인상을 받았다. 주요 저서로는《히로 인터뷰》,《도련님의 무릎베개》,《아내의 죽음 준비》,《꽃은 져도》,《비 오는 날은 1회 휴식》 등이 있다.

1

반짝반짝 암홍색으로 빛나는, 백설공주의 독사과와 닮은 그것을 껍질째 동그랗게 썰었다. 씨를 도려내고 끄트머리 한 조각을 씹어보았다.

물론 독은 없다. 이 품종은 향이 좋고 당도와 산도의 균형도 적당하다.

브랜디를 시험해볼까.

미시마 카호는 흘러내리는 검은 테 안경을 밀어 올리고 캐비닛 아래 칸 문을 열었다.

화이트 리카,* 보드카, 진 그리고 브랜디. 메이커는 다양하지만 나란히 있는 것은 전부 증류주다. 그중에서 카호가 고른 것은 '51브랜디-VO'. 신슈 지방 포도주 제조장에서 만든 브랜디다.

작년에 이걸로 매실주를 담가보니 향이 좋고 달콤하게 완성됐다. 최근에는 과실주용 브랜디도 많이 나왔지만 그보다 압도적으로 맛있다. 1,800밀리리터라는 대용량도 맘에 든다. 그 후로 언제든지 쓸 수 있도록 챙겨두고 있다.

* 증류소주 이름.

사과에는 브랜디가 어울린다. 얼음사탕을 넉넉히 준비해서 달고 진하게 만들어보자. 향신료로 계피나 정향을 넣는 것도 괜찮다.

끓는 물에 소독해서 잘 말려둔 2리터짜리 밀폐 유리병에 썰어둔 사과와 얼음사탕, 향신료를 넣고 브랜디를 듬뿍 부어준다. 밀폐 유리병의 잠금쇠 선까지 차오르면 뚜껑을 덮어 그대로 방치한다. 3개월 정도 지나면 맛있게 마실 수 있다.

이제부터 추워지는 계절이다. 완성되면 따뜻한 홍차에 조금 넣고 후후 불며 마셔도 좋다. 브랜디가 듬뿍 스며든 사과를 조그맣게 썰어서 아이스크림에 섞어 고타츠에서 먹는 것도 역시 좋다.

상상만 해도 입가가 벙글어진다. 최근 몇 년 사이에 냉증이 생기긴 했지만 추운 겨울이 기다려진다.

즐거움은 한동안 저장해두자. 과일 향은 시간이 흘러가며 서서히 배어든다. 증류주 종류나 얼음사탕 비율을 바꾸기만 해도 전혀 다른 풍미가 나는 것이 재미있다.

밀폐 유리병에 '10월 16일'이라고 쓴 스티커를 붙이고 '맛있어져라' 주문을 왼다. 나이 40에 독신이 누릴 만한 즐거움이라면 이 정도밖에 없다.

과실주 보관용으로 산 캐비닛은 주둥이가 넓은 병과 증류주로 거의 메워졌다. 그나마 빈 곳에도 사과주 병을 꾸역꾸역 넣어 꽉 차버렸다. 수납공간만 생기면 손이 커져서 너무 많이 만든다.

이를테면 과실주의 왕인 매실주는 증류소주, 브랜디, 테킬라 등으로 베이스를 바꿔서 3년은 더 마실 수 있다. 라임은 진에 담가두면 간단히 진토닉을 만들 수 있어서 편리하다.

딸기는 위스키, 블루베리는 당분을 넣지 않고 증류소주, 레몬은 쌉쌀한 풍미를 살리고 싶어서 껍질째 보드카로. 과실은 아니지만 여름에 싸게 산 깻잎도 소주에 담가 놓는다.

이것만 보면 엄청난 술고래 같지만, 과실주는 기다리는 시간은 길어도 마시기 시작하면 금세 없어진다. 담근 기간에 따라 맛이 깊고 부드러워진 것은 조금씩 아껴 마신다.

자, 목욕도 했고, 집에 싸 들고 온 일도 없다. 자기 전까지 느긋하게 인터넷으로 해외 드라마나 보자. 함께할 술은—슬슬 올해 매실주를 마실 때가 됐지. 숙성시키면 깊은 맛이 우러나서 맛있지만 풋풋하고 신선한 맛도 버리기 어렵다. 산뜻한 화이트 리카를 베이스로 한 매실주 맛이나 보자.

과실주 마시려고 일부러 산 소스 국자로 한 국자 떠서 동료의 결혼식 답례품으로 받은 웨지우드 텀블러 잔에 따랐다. 코를 대보니 상큼한 매실 향이 훅 들어온다. 한 모금 입에 머금으니 혀 전체로 부드럽게 퍼진다. 매실 특유의 새콤달콤함이 살아 있다.

"맛있어."

잔을 눈높이로 들고 황홀하게 중얼거린다. 주방 조명을 받은 호박색 액체가 흔들린다. 무색투명했던 증류소주가 이런 색으로 물드는 게 재미있다.

얼음사탕을 넉넉하게 넣으면 실패 확률은 낮지만, 자주 만들기도 해서 되도록 양을 줄였다. 덕분에 단맛이 적어서 개운하게 넘어간다. 이거라면 스트레이트로도 괜찮다. 안주는 가다랑어포에 크림치즈를 버무리자. 매실주에는 이게 어울린다.

의도했던 맛이 되어가는 것이 기뻐서 카호는 혼자 우후후후 웃었다. 설령 쓴맛과 떫은맛이 나더라도 맛있게 마시는 법을 궁리하면 되니까, 그건 그것대로 사랑스러운 맛이다. 천천히 익어가는 과실주가 요즘 사랑스러워서 미치겠다.

사실은 사과주도 품종과 베이스를 바꿔 만들어보고 싶다. 품종이 다양한 사과는 어떤 품종을 사용하느냐에 따라 풍미가 조금씩 달라진다. 기왕 만드는 것, 몇 종류 담아서 비교하며 마셔보고 싶다.

하지만 이제 수납할 곳이 없다.

캐비닛을 늘릴까.

휙, 방 안을 둘러본다.

6평 정도의 원룸이다. 5년 전 이사 왔을 때는 혼자 살기에 충분히 넓다고 생각했는데, 살다 보니 물건이 늘어나 캐비닛 한 개 더 놓을 공간이 없다.

세미 더블 침대를 처분하고 이불을 깔고 잘까. 그렇게 하면 공간을 넓게 사용할 수 있다. 하지만 옷장도 꽉 차서 이불을 넣을 곳이 없다. 게다가 바닥이 마룻바닥이어서 왠지 몸이 아플 것 같다.

그렇다면 소파는 어떨까. 바닥의 러그에 앉는 습관이 있어서 소파는 대체로 등받이로만 사용한다. 하지만 이 회사의 패치워크 디자인이 생산 종료돼서, 버리면 두 번 다시 살 수가 없다.

과감하게 좀 더 넓은 집으로 이사할까. 적어도 거실과 주방이 있는 원룸으로. 기한이 앞으로 1년 남은 게 아깝기도 하지만, 공간이 있으면 올해는 포기하기로 한 금귤과 유자와 모과주를 담을 수 있다.

그러나 역시 보증금을 내야 한다.

"차라리 사버릴까?"

생각이 소리로 나왔다.

가능하면 거실과 주방이 있는 12평 이상의 원룸이 좋겠다. 중고 맨션이라면 지금 사는 요츠야 변두리에서는 싸야 2,000만 엔대 후반부터 있을 것이다. 구역을 넓히면 좀 더 싼 물건도 있다.

근무하는 회사 규모와 연봉을 생각하면 대출 심사는 그럭저럭 통과할 것이다. 계약금을 많이 내면 그 후의 변제도 편해질 것이다.

저축이라면 문제없다. 대학을 졸업하자마자 입사했고 이렇다 할 취미도 없이 일만 계속해왔다. 그렇게 번 돈을 남자에게 바친 적도 있지만, 그걸 빼도 모아둔 게 있다.

미야기현에서 진학하느라 상경한 이후 왠지 모르게 부초 같은 기분으로 살아왔다. 이 나이까지 가정을 갖지 않은 탓이라고 생각하지만, 맨션이라는 자산이 있으면 좀 안정되지 않을까.

생각하면 생각할수록 집을 사지 않을 이유가 없다.

"미시마 씨. 어이, 듣고 있어?"

애가 타는 듯이 부르는 소리에 카호는 불쑥 얼굴을 들었다. 입사 동기인 시미즈 시오리가 태블릿을 한 손에 들고 고개를 갸웃거리고 있다.

재고가 쌓인 좁고 답답한 창고 한구석이다. 접이식 책상과 의자도 있긴 하지만 펼치면 통로를 막기 때문에 선 채로 얘기하던 중이었다.

"아, 미안."

"오늘 다크서클 심하네. 수면 부족?"

"응, 좀."

서로 속내를 다 아는 사이여서 업무 중에는 존댓말을 쓰려고 조심하지만 이내 반말투가 된다.

"바쁘겠지만 잠 좀 자."

자기도 충분히 자지 못한 것 같은 얼굴로 시오리가 웃는다.

40대에 들어선 탓일까. 아니, 2, 3년 전부터 그런 징조는 있었지만 이제는 무리할 수 없는 몸이 됐다. 잠을 덜 자면 다음 날 그대로 몸에 나타난다. 머리가 제대로 돌지 않고 업무 질이 떨어진다.

그래서 수면은 최소한 여섯 시간, 가능하면 일곱 시간으로 정해두지만 어젯밤에는 정신없이 부동산 정보 사이트를 보느라 잘 수가 없었다.

희망 조건과 지역을 입력하면 물건은 얼마든지 나온다. 도내에 연연하지 않고 검색 범위를 사이타마현이나 지바현까지 넓히면 더 현실적인 가격이 된다. 가나가와 방면도 볼까 생각했을 즈음에는 이미 새벽 2시가 지나 있었다.

가까운 장래에 사게 될지도 모르는 맨션은 음미할 곳이 얼마든지 있다. 입지와 건축 연도와 자산가치에 관한 설명을 비롯해 구조와 시설이 얼마나 사용하기 편리한지 자잘한 글씨를 꼼꼼하게 읽어가다 보니 시간이 아무리 있어도 부족했다.

부동산을 잘 아는 사람한테 의논하면 좋을 텐데. 대형 정보 사이트에는 상담 창구가 있는 것 같으니 신청해볼까.

"봐, 또 멍하니 있어."

안 된다. 방심하면 이내 생각이 엉뚱한 곳으로 흘러간다. 지금은 일에 집중해야 한다. 카호는 들고 있던 터치펜 끝으로 관자놀이를 톡톡 쳤다.

"괜찮아, 정신 차렸어. '따뜻한 겨울 페어' 라인업은 시미즈 씨가 픽업해준 것으로 대충 오케이 할게."

"대충?"

"반려동물 방한 상품도 추가해볼까? 폭신폭신한 침대나 플리스 옷 같은 것 말이야. 이 쇼핑몰에 도그 런은 있으면서 반려동물 관련 상품은 별로 취급하지 않네."

"그건 그래. 우리 펫하우스 스툴도 여전히 인기고."

시오리가 끄덕이며 태블릿에 적어 넣었다. 겨울 매장 꾸미기에 관해 의견을 조정하는 참이다.

인테리어 소매업을 하는 회사에 취직한 지 어느새 17년이다. 카호는 순조롭게 승진하여 이타바시구, 기타구, 도지마구, 내리마구에 있는 일곱 개 매장의 지역 매니저를 맡고 있다. 동기인 시오리는 내리마구의 몰에 입점한 이 매장의 점장 대리다.

두 사람 다 취업빙하기 세대*다. 채용 인원이 줄어서 갓 대학을 졸업한 여성은 두 사람뿐이었다. 원래 여성 사원이 적은 회사여서 "구매층은 대부분 여성인데." 하고 푸념하면서 친해졌다.

좁은 문을 통과했다는 자각은 있었다. 자신 있었던 기획이 아저씨 상사에게 박살 났을 때는 "우리 회사 첫 여

* 취업빙하기就職氷河期 세대. 일본에서 1975~1984년에 태어나 경제 불황과 고학력화로 취직하지 못하고 경제적 빈곤층이 된 세대를 일컫는다.

성 임원까지 올라가 주겠어." 하고 씩씩거렸다.

그런데 마흔이 되어 문득 현실을 돌아보니 두 사람의 직책에 차이가 생겼다. 실력 차가 아니다. 시오리가 결혼, 임신, 출산을 경험하고 카호가 그것들을 하지 않았을 뿐인 차이다.

지금도 본부에 시오리가 없을 때면 카호는 '어째서지?' 하고 생각한다. 시오리는 육아 휴가를 마치고 올해 봄부터 직장에 복귀했지만 경영계획실에서 지점 운영부로 밀려나서 입사 2, 3년 차 사원이 하는 일을 하고 있다.

"마미 트랙이라고 한대."

복귀 후 얼마 되지 않았을 때 시오리가 말했다. 출산을 계기로 승진 가도에서 벗어나 마치 육상 경기 트랙을 빙글빙글 도는 것처럼 전보다 별로인 일을 계속하는 것을 말한다. 설명하지 않아도 그 정경이 머리에 떠오른 것은 그랬던 선배를 몇 명이나 보아온 탓일까. 아니면 자기는 선택하지 못한 쪽의 인생이어서일까.

경력으로는 훨씬 앞서 있지만 뒤처진 기분이 드는 것은 어째서일까.

"그러면 배치는 이런 느낌으로."

"응, 좋네. 근데 여기 동선은 확보하는 편이 좋겠어."

"여기를 열면 집기의 강도가 약해."

"아하, 오케이. 리스크를 생각한 거라면 이의 없음."

시오리를 상대로 한 의논은 이해가 빨라서 순조롭다. 서로의 태블릿에 필요 사항을 메모하고 나니 통상적인 미팅 시간의 반도 안 되어 끝났다. 마지막으로 확실히 하기 위해 확인 사항을 메일로 보내기로 하고, 카호는 "됐다." 하고 얼굴을 들었다.

"남은 시간에 잠깐 매장 좀 들러볼까."

"응, 그래줄래. 점장이 기뻐하겠다."

"'주눅 들겠다'가 맞는 표현이겠지."

농담처럼 말하자 시오리가 "하하." 하고 건조한 목소리로 웃었다.

이곳 점장은 매장에서 채용되어 밑바닥에서부터 올라온 사람이다. 현장주의인 건 좋지만 현장에서 너무 고자세여서 카호가 호되게 주의를 준 뒤로는 은근히 눈치를 본다. 시오리가 점장 대리로 배치된 뒤로는 더 곤혹스러워졌는지 투명 인간이 된 것 같았다.

20대 시절에는 무엇을 해도 젊은 여성이란 사실만으로 가볍게 취급하거나 상대해주지 않는 일도 많았다. 이제 드디어 조금은 두려운 존재가 된 건가.

카호는 언제나 검은 머리를 바싹 묶고 검은 테 안경에 검은색 바지 정장 차림이다. 우습게 보이지 않기 위해 시작한 패션이 이제 완전히 익숙해졌다.

무섭다, 독하다, 빈틈이 없다. 저러니 결혼을 못 하지.

사람들이 그런 뒷담화를 하는 것도 알고 있다.

이 나이까지 독신으로 있으면 어딘가에 결함이 있는 게 아닌가 생각한다. 남자도, 여자도 마찬가지다. 그런 점에서는 결혼에 애태우는 30대와 달리 마음이 편했다.

"아, 미시마."

슈트 가슴 주머니에 이름표를 달고 매장으로 가려는 참에 시오리가 불러 세웠다. 존칭이 생략되었다.

"오늘 잔업 없이 끝날 수 있지?"

"응, 괜찮아. 너야말로 괜찮아?"

"괜찮아, 괜찮아. 히로키한테 맡겼어!"

몇 번 만난 적이 있지만 시오리 남편은 착하고 수수해 보이는 사람이다. 우유부단해 보이기도 하지만 성격 급한 시오리에게는 그런 사람이 어울릴 것이다.

"그러니까 놀아줘. 단유 축하로."

그렇게 말하고 시오리는 왼손을 허리에 얹고 오른손으로는 조끼를 기울이는 시늉을 했다.

2

"맨션? 어머나, 진심이야?"

석 잔째 맥주 조끼에서 입을 떼고 시오리가 물수건으로 거품을 닦았다.

임신 중까지 포함하면 시오리는 3년 만의 음주였다. 세련된 가게보다 선술집이 좋다기에 꼬치구이 집에 들어갔다. 맥주파인 시오리는 참으로 행복해 보였다.

카호도 첫 잔은 같이 맥주를 마시고, 두 잔째는 흑설탕 매실주 록*을 마셨다. 흑설탕의 풍미와 향은 얼음사탕과 또 다른 맛이다. 담가보고 싶다는 생각이 든다. 그러기 위해서는 역시 집이 넓어야 한다.

"아니, 그러면 결혼은 이제 안 하기로 한 거야?"

직접적인 질문도 시오리라면 용서된다. 어차피 30대 때의 방황을 속속들이 알고 있으니까.

"미혼의 40세 여성이 5년 이내에 결혼할 확률은 9퍼센트 정도라더라. 열 명에 한 명도 안 돼. 무리야."

"데이터에 너무 집착하지 마. 그런 게 아니라 네 심정을 묻는 거야."

* 술에 얼음을 넣은 것.

"심정을 물어도 말이지."

5년 전 남자 친구와 헤어진 뒤 단체 미팅을 두세 번 했다. 하지만 또래 남성이 노리는 여성은 대부분 자기들보다 한참 어린 세대다. 연상의 남성조차 희망하는 연령대는 30대 초반.

직시하는 것이 고통스러운 시장가치 폭락 상황. 너무나 비참한 현실에 상처 입고는 이제 됐다 하고 포기했다.

데이트 애플리케이션도 상대를 조건으로 좁히는 시스템이 마음에 들지 않았다. 결혼 조건을 명확히 하세요, 하고 어드바이저에게 야단맞았지만, 인간성은 그것만으로 잴 수 없잖아요, 하고 꿈꾸는 소리를 하게 된다.

"뭐, 괜찮지 않나."

결과적으로 그런 심경이 됐다.

이대로 몇 살까지 일해야 하는 걸까, 큰 병이라도 걸리면 어떡하지 등 불안한 일은 얼마든지 있다. 하지만 그렇다고 억지스럽게 상대를 찾아 불안을 해소해야만 할까.

이 사람이라고 생각하고 고른 상대가 오히려 무거운 짐이 될 수도 있다.

"게다가 나, 나쁜 남자 좋아하는 취향이고."

"다키자와 녀석."

시오리가 증오스럽다는 듯이 파닭 꼬치를 물어뜯는다. 다키자와는 나쁜 남자라고 하면 바로 이름이 튀어나올 정도로 여러 가지 일이 있었던 전 남친이다.

"그때는 민폐 많이 끼쳤다."

"그러게. 그 인간의 '전위적인' 연극을 몇 번이나 봤는지."

다키자와는 극단원이었다. 당시 카호가 다니던 바에서 아르바이트하던 그의 싹싹함에 넘어갔다. 급기야 카호의 집으로 굴러들어 와서 4년 반을 사귀었다.

다섯 살 연하였던 그는 어리광 대장이었다. 할당된 공연 표를 다 팔지 못했을 때는 카호가 사서 친구들에게 나눠 주었다. 돈은 받지 않았지만 다키자와의 자존심을 위해 다 팔린 것으로 했다.

"솔직히 돈을 내고서까지 보고 싶은 건 아니었지."

"공짜여도 보기 힘들었어, 그건."

이제는 웃으며 얘기할 수 있다. 하지만 그 무렵의 카호는 다키자와를 뒷바라지하는 데 필사적이었다. 월세도, 공과금도, 식비도 한 번도 청구하지 않았다. "맨날 미안."이라며 풀이 죽은 다키자와에게 "괜찮아. 성공하면 한껏 사치를 부릴 테니까."라며 격려하기도 했다.

다키자와가 고향으로 돌아가겠다고 한 것은 그의 서른 살 생일을 한 달 남겨놓았을 때였다. “애초에 꿈을 좇는 건 서른 살까지로 마음먹었어.”라며 금시초문인 얘기를 했다.

“미안해, 카호. 지금까지 고마웠어.”

그 말을 듣고 비로소 이별 얘기란 걸 깨달았다. 서른 살까지라고 정했다는 다키자와는 카호와의 미래를 조금도 생각하지 않고 있었다.

만약에 같이 가고 싶다고 했더라도 승낙했을지 어떨지는 모른다. 다키자와의 본가는 가고시마로, 흑돼지를 키우고 있다. 아무 인연도 없는 지방에 가서 농가의 며느리로 눌러앉을 각오는 아마 하지 못했을 것이다.

그래도 같이 가면 좋겠다는 말을 듣고 싶었다. 또 애초에 그럴 계획이었다면 지난 4년 반은 무엇이었는지 묻고 싶었다. 그저 한 푼도 들이지 않고 살기 위해 자신을 이용했을 뿐인가.

하지만 현실을 알게 되는 게 두려워 캐묻지도 못했다.

카호는 알고 있다. 배우로서 성공하고 싶다는 데 비해 다키자와에게 진지함이 없다는 것을. 만사 대충대충 하는 주제에 피임만은 별나게 신경 썼던 것을. “지금이 제일 중요해서 말이야."라고는 해도, 미래를 상상하는 얘기는 단 한 번도 한 적이 없었던 것을.

알면서 눈을 감고 있었다. 좋아했으니까. 헤어지고 싶지 않았으니까.

본가에 갈 때마다 부모가 결혼을 재촉해도 남자 친구가 있다는 얘길 털어놓지 못했다.

"아, 어떡하지. 오랜만에 생각하니 괴롭네."

"잠깐, 아직도 미련이 있는 거야?"

"소문에 따르면 그 인간, 지금 한 살과 세 살짜리 아이가 있는 것 같아."

"뭐야, 결혼했어?"

화가 난 카호가 똥집을 물어뜯었다. 꼬치 통에 빈 꼬치가 점점 쌓여갔다. 카운터와 테이블이 네 개뿐인 가게 안은 숯불구이 연기로 자욱하여, 벽에 붙은 메뉴까지 맛있는 색으로 물들었다.

흑설탕 매실주와 생맥주를 번갈아 주문한 뒤 카호는 달걀말이에 젓가락을 댔다.

"있지, 자식이 있는 건 어떤 느낌이야?"

"오, 취하기 시작했군."

추가한 술이 나왔다. 빈 조끼와 잔을 점원에게 건넸다.

카호는 맥주 거품으로 헐크 호건의 새파란 수염을 만들고 시오리를 보며 씩 웃었다.

"불편해. 일도 중심에서 밀려난 느낌이고, 이렇게 선술집에서 맥주 마시는 것조차 사치가 되었어. 내 인생을 빼앗긴 것 같아서 미칠 것 같을 때가 있어. 생후 8개월짜리를 어린이집에 맡기고 복직하고 나니, 옆에 더 있어주는 편이 좋지 않을까 고민하게 되고. 걸음마 했다는 말을 어린이집 선생님한테 들었을 땐 내가 제일 먼저 보고 싶었는데, 하며 눈물 글썽거리기도 하고."

늘어놓는 말은 다 푸념인데 표정은 밝았다.

"근데 뭐, 어쩔 수 없지. 이제 나오가 없는 세상으로는 돌아갈 수 없고, 생각하고 싶지도 않아. 몸은 힘들고 고민도 많지만 싹 다 지워지는 순간이 있으니까. 임신하려고 애쓴 보람이 있었어."

"그러냐."

"좋아, 자식. 예측 불가능하고."

딸그락하고 손에 든 잔에서 얼음이 소리를 냈다. 매끄럽고 달짝지근한 매실주. 마음에 생긴 거스러미도 부드럽게 덮어주면 좋을 텐데.

"내가 나온 초등학교에서 올여름에 타임캡슐을 열었다

는데 말이야."

카호가 6학년 때 졸업 기념으로 묻은 타임캡슐이었다. 사실은 20년 뒤에 열 계획이었는데 까맣게 잊고 있다가 이제야 열게 됐다. 다들 '20년 뒤의 나' 앞으로 편지를 써서 넣었는데.

"거기서 나온 편지는 본가에서 맡아두었대. 근데 보지 않아도 내용이 기억나. 첫 줄이 '20년 뒤의 나에게. 안녕, 미시마 카호. 아니, 성은 바뀌었으려나. 아이는 몇 명 있니? 혹시 같은 초등학교에 다니는지도 모르겠네' 였어."

"와, 기억력이 좋은 것도 괴롭네."

"맞아. 어린 시절의 천진난만함이 늘 뒤통수를 치지."

새빨간 책가방을 멘 열두 살. 그 시절에는 서른이 넘으면 당연히 결혼하고 아이를 낳을 거라고 믿었다. 카호 말고도 두 아들을 낳고 꽃집도 했던 부모님처럼.

좋아하는 남자아이도 있었다. 달리기만 잘하는 아이였지만 밝아서 인기가 많았다.

생각해보니 그게 첫사랑이다. 그 애가 웃어주기만 해도 가슴속이 탄산 거품으로 쓰다듬는 것처럼 간지러워서 어떻게 해야 좋을지 몰랐다. 그 애의 성에 내 이름을 붙여 보고 나쁘지 않네, 하고 쿡쿡 웃기도 했다. "손목을 눌러서 볼록하게 나온 혹의 수가 미래의 자식 수래."라는 말에 "나, 세 명!" 외치며 들떴던 적도 있다.

열두 살의 카호는 20년 뒤는커녕 28년이 지나서도 혼자란 걸 알았더라면 대체 어떤 얼굴을 했을까.

"잠깐만. 안 돼. 어두워, 어두워. 나의 단유 축하 자리라고 했잖아."

시오리가 이마를 톡 때렸다. 아프지는 않다. 그래도 카호는 입술을 삐죽거렸다.

"의외네. 단유라니, 옛날에 한 줄 알았어."

"원래 잘 나오지 않아서 아침이랑 밤에만 먹였어. 복직을 계기로 끊으려고 했는데 나오가 너무 맛있게 먹어서 말이야."

"그래서 오늘까지 술을 참은 거구나."

"맞아, 진짜 힘들었어. 히로키가 취해서 돌아올 때마다 몇 번이나 죽이고 싶었는지."

"어이, 어이. 이렇게 밖에서 마실 기회를 만들어줬잖아."

"내가 참고 견뎌온 날들에 비하면 놈의 배려는 너무나 가벼워."

흥, 콧방귀를 뀌더니 시오리는 "뭐, 감사는 하지만." 하고 덧붙였다.

얘기를 들어보니 히로키는 가사와 육아에 꽤 협력적이다. 적극적이진 않지만 시오리가 시키면 움직인다. 일은 잘하는 사람 같은데 가정에서는 지시 대기족이 돼버리니 희한하다.

"앗, 호랑이도 제 말 하면 온다더니 히로키한테 라인LINE이 왔네."

시오리가 테이블에 엎어두었던 스마트폰을 집어 들었다. 아까부터 '나오, 저녁 먹었어', '목욕 끝' 등 히로키의 보고가 들어오고 있다. 오랜만의 자유 시간인데 성가시지 않을까 싶었지만 시오리도 그편이 안심되는 듯 성실하게 답장했다.

"아아."

시오리가 과장되게 어깨를 떨구었다.

"왜?"

시오리는 낙심한 얼굴을 손으로 떠받치며 말했다.

"나오가 잠투정만 하고 좀처럼 자지 않는다고 SOS."

탁탁탁, 스마트폰 화면을 손톱 끝으로 누른다. 시오리의 뺨에 초조함이 배어났다.

"아우, 진짜. '어떡할래?'는 아니잖아. 잠들 때까지 세 시간이고 네 시간이고 얼러야지."

기껏 마련한 단유 축하 자리다. 이왕 보내주는 것, 마음 편히 즐기게 해주면 좋았겠지만 히로키로서는 감당 못 할 사태가 발생한 것 같다.

"잠투정이 심해?"

"많이 좋아졌지만 가끔은."

세 시간이든, 네 시간이든 시오리는 누구에게도 맡기지 못하고 나오를 달래왔을 것이다. 그 모습을 옆에서 봤을 텐데. 히로키는 너무 일찍 죽는소리를 하고 있다. 시계를 보니 이제 8시 조금 지났다.

"부탁이니 제발 혼자서 잘 해봐. 내가 갑자기 입원이라도 하면 어쩌려고 그래."

한탄하면서 시오리가 뭐라고 답장을 쳤다. 오늘은 단유 축하 날인 동시에 히로키의 육아 실습 날이기도 하다. 예측하지 못한 사태에 대비해 아이에 관해서는 뭐든 잘할 수 있게 되길 바란다. 시오리도, 히로키도 본가가 멀다.

"앗, 나오가 우는 사진을 보냈어. 이거, 빨리 오란 말을 돌려서 하는 거네. 완전 짜증 나."

"오늘은 그만 돌아가. 걱정되지?"

"아냐, 그래도."

성격 급한 시오리가 드물게 갈등한다. 여기서 돌아가는

것이 히로키, 나아가 나오를 위한 것이리라. 그러고 보니 시오리는 신입 사원 교육을 진행하는 방식도 성급한 면이 있었다. 자기가 잘하는 만큼 상대가 꾸물거리는 이유를 모르는 것이다.

"천천히 하자. 이런 기회를 늘려가면서. 다행히도 난 밤에는 홀몸이니까."

자학을 섞어서 그렇게 말하자 시오리는 "웃기 힘드네." 하며 찡그린 얼굴로 웃었다.

"미안, 그럼 염치 불고하고 먼저 갈게."

시오리는 벌떡 일어서서 한 손으로 어깨에 가방을 메고 한 손으로 사과했다. 행동이 재빠르다. 솔직한 마음으로는 나오 곁으로 달려가고 싶었던 것이다.

"미시마는 천천히 마셔. 여기까지 계산, 내가 할게."

"됐어. 축하하는 건데."

"아냐, 미안하잖아. 다음에 쏴."

"알겠어."

돌아갈 채비를 척척 마치고 시오리 혼자 계산대로 향했다. 성큼성큼. 당당한 걸음걸이는 옛날과 다르지 않다. 시오리는 언제든 자신의 선택에 자신 있게, 의연하게 앞을 향해 나아갔다.

'불편'하다고 단언하는 지금의 생활도 분명히 후회하는 일은 없을 것이다. 시오리는 자기가 정하고 선택했다. 그런데 인생의 중요한 선택을 아무것도 하지 않은 카호가 직장에서 승승장구하는 것은 아이러니하다.

가게를 나가는 시오리에게 손을 흔들며 카호는 앉은 채로 배웅했다.

천천히 마시라고 했지만 공복은 그럭저럭 채워졌다. 접시에 남은 요리를 정리하면 나가기로 하자.

시오리가 마시다 만 맥주가 반 정도 남았다. 아깝다는 생각이 들어서 끌어당겨 입으로 가져갔다. 미지근해진 맥주가 흑설탕 매실주의 달콤함에 익숙해졌던 혀를 씻어내렸다.

"아우, 써!"

신주쿠 3초메, 부도심선에서 마루노우치선으로 갈아탔을 때 시오리에게 라인이 왔다. 나오는 어찌어찌 재운 것 같다.

시오리는 '정말로 미안해'라며 한 번 더 사과한 뒤 '참고로 맨션은 자산가치 우선으로 골라' 하고 조언을 보냈다.

'앞으로 절대 결혼하지 않는다는 보장도 없으니까 말이

야. 사고팔고 대출할 거라면 역시 도심이야.'

"자산가치라."

입속으로만 중얼거렸다.

그런 점도 어젯밤 수면 시간을 깎아가며 조사했다. 중고 맨션 가격이 잘 내려가지 않는 곳은 도쿄만灣 지역, 재개발이 진행되는 시부야 변두리 그리고 고급 주택가가 많은 도큐 도요코선 구역이다.

물론 가격도 제각각이다. 혼자 살아갈 가능성이 크니 무리한 대출은 받고 싶지 않다.

시오리에게는 '알겠어. 더 잘 찾아볼게'라고 답장하고선 스마트폰을 가방에 넣었다.

지하철 창에 비친 얼굴은 거울로 볼 때보다 까칠하다. 조명 관계로 음영이 강조된 탓일까. 움푹한 눈에 팔자 주름. 표정이 없으니 더 늙어 보인다.

이대로 혼자 늙어서 죽는다. 그렇게 생각하니 허리 언저리에 차가운 것이 서늘하게 달렸다.

아직 9시도 되지 않았는데 다시 마실까. 하지만 집은 안 된다. 이런 기분으로 돌아가면 술은 맛있지 않을 테고 기분 나쁘게 취할 것이다.

곧 요츠야 3초메. 카호의 동네 역에 도착한다.

3

지하철역을 한 정거장 더 가서 요츠야에서 내렸다.

역에서 비교적 가까운 빌딩 반지하에 캄파눌라라는 아담한 바가 있다. 다키자와와 헤어진 뒤로 이사도 했고, 그가 아르바이트하던 바에는 가지 않게 됐다. 새롭게 발견한 가게다.

"안녕하세요."

문을 밀고 들어가자 백발을 뒤로 묶은 마스터가 "여엇!" 하고 카운터 너머에서 손을 들었다.

정말로 좁은 가게다. 카운터에 스툴이 달랑 여섯 개 있고, 손수 꾸민 인테리어도 세련되지 않았다. 하지만 니스 칠을 한 합판 한 장조차 마스터의 따듯하고 조금 엉성한 인성이 배어나와 편안하다.

"아, 카호." 하고 구석 스툴에 앉아 있던 남자도 손을 들었다.

역시, 있다.

캐주얼 셔츠에 데님 차림이지만 아마 퇴근길이리라. 셔츠 단추는 전부 열어젖히고 속에 검은 티셔츠를 받쳐 입고 있다. 톡 튀어나온 배는 보지 않은 걸로 했다.

"야마시로 씨도 오랜만이네요."

달리 손님도 없어서 카호는 그 옆에 앉았다. 야마시로는 마스터 특제 소고기 스지 카레를 먹고 있다. 그는 이 카레를 먹으러 자주 캄파눌라에 온다.

스툴에 앉자 눈앞에 주둥이가 넓은 병이 줄줄이 있어서 쓸데없이 압박감이 더했다. 다양한 과일로 정성껏 담아놓은 과실주들이었다.

마스터가 병들 너머로 팔을 뻗쳐, 땅콩을 담은 작은 접시를 놓아주었다. 카호는 얼른 땅콩을 집으며 물어보았다.

"스승님, 또 뭔가 새로운 걸 만드셨습니까?"

카호가 과실주 만들기에 빠진 계기가 이 가게다. 마스터는 과일이 생기면 뭐든 술을 담근다. 과실주라고 하면 매실주 정도만 마셔본 카호는 그 많은 종류에 압도됐다.

여기서 처음 마신 것이 위스키 베이스의 딸기주였다. 딸기색이 은은하게 핑크로 물든 위스키는 소다를 타면 더욱 연해져서 코끝에 새콤달콤함을 남긴 채 목으로 쭉 넘어갔다.

황홀할 정도로 맛있었다. 첫사랑과도 닮은 향에 가슴이 죄어들었다. 고백하는 일도 없이 흐릿하게 끝난 사랑. 열두 살이었던 그 무렵으로 돌아갈 순 없지만 앞으로 이 술이 있으면 괜찮을 것 같은 기분이 들었다.

"과실주로 못 담그는 과일은 없어."

마스터의 탐구심에 이끌려 카호도 열심히 과실주를 담그기 시작했다. 하지만 뭐가 다른지, 마스터가 만드는 것만큼 맛있게 되지 않았다. 그래서 카호는 그를 '스승님'이라고 부른다. 언젠가 스승의 기술을 훔치고야 말겠다고 호시탐탐 노리고 있다.

마스터는 잔을 닦으면서 고개를 갸웃거렸다.

"참, 바나나주는 벌써 마셨나?"

"네? 바나나?"

"응, 이거."

등 뒤 선반에서 마스터가 2리터짜리 병을 내렸다. 호박색 액체 속에 정말로 큼직하게 썬 바나나가 잠겨 있다.

"브랜디예요?"

"아니, 다크 럼. 얼음사탕 외에 캐러멜 소스를 만들어서 섞었어. 맛 좀 보겠어?"

"부탁합니다."

마스터가 소스 국자로 바나나주를 떠서 샷 글라스에 소량 떨어뜨렸다. 조심스럽게 한 모금 마셔보고 카호는 "아아." 하고 눈을 가늘게 떴다.

다크 럼의 향기로움이 캐러멜로 한층 돋보이면서 걸쭉하고 달콤한 맛 가운데 은근히 느껴지는 쓴맛이 입체적인 맛을 내고 있다. 그리고 코를 지나가는 향은 틀림없이 바나나다.

맛있다. 이건 록으로 마시고 싶다.

"레시피를 여쭤도 될까요?"

"좋지."

마스터가 가슴 주머니에 꽂아둔 메모장을 꺼내 레시피를 읽어주었다. 카호는 한 마디도 빠짐없이 스마트폰에 메모했다.

"바나나는 여간 어려운 게 아냐. 떫은맛이 나기도 하고 깊은 맛이 부족하기도 하고, 침전물도 너무 많이 나오지. 캐러멜을 넣고 며칠만 담그는 이 레시피가 가장 맛있더라고."

"오호."

"필리핀산, 에콰도르산, 타이완산, 각각의 맛이 있어. 일단 이것저것 시도해봐."

"감사합니다."

이렇게 흔쾌히 가르쳐주는 이유는 똑같은 분량으로 만들어도 절대로 같은 맛이 나오지 않기 때문이다. 과일에도 꽝과 당첨이 있고, 병을 보관하는 장소의 기온과 온도에 따라서도 완성도가 달라진다. 마스터는 그걸 잘 알고 있다.

"하지만 이제 둘 곳이 없어요. 어제 사과주 담가버려서."

"사과는 뭐로 했어?"

"아키바에*로요."

"맛있지, 그거. 나는 오링**을 좋아해."

"오링도 향이 좋죠. 이 바나나주, 록으로 주세요."

과실주 얘기로 꽃을 피우고 있는데, 야마시로가 "잘 먹었습니다." 하고 수저를 내려놓았다. 앞에 놓인 잔은 위스키 록일까. 카레와 어울릴까. 속으로 고개를 갸웃거렸지만 개인 취향이니 아무 말도 하지 않았다.

"둘 곳이 없을 정도로 과실주를 담근 거야?"

야마시로가 웃으며 쳐다봤다.

"네. 바닥에 늘어놓고 싶진 않고."

"그러면 정리 좀 해줄까. 나 마시는 거 전문이야."

자신을 엄지로 가리키며 히죽 웃었다. 40대 중반에 이 넉살은 뭐지. IT 업계에 있어서 그런가. 게임과 거리가 먼

* 나가노산 고급 사과.

** 아오모리산 사과 종류.

카호도 광고에서 들은 적 있는 인기 애플리케이션 개발에 관여하고 있다고 한다.

"괜찮네요." 하고 카호는 형식적인 미소를 건넸다.

실은 야마시로가 청해서 몇 번 식사를 한 적이 있다. 이 정도의 농담은 웃어넘길 수 있는 사이다. 경솔함과 종이 한 장 차이인 넉살도 새끼 곰 같은 몸집과 잘 어울려서 불쾌하게 느낀 적은 없다.

"그러고 보니 도망간 마누라도 매실주며 매실장아찌를 잘 담갔네."

"매실장아찌는 대단하네요. 손이 많이 가서 엄두도 안 나던데."

"꼼꼼했거든. 누카도코* 도 담갔고 된장도 손수 만들었어. 그런 사람이어서 대충대충 사는 나하고는 맞지 않았겠지만."

서로 독신이긴 하지만 야마시로는 이혼남이다. 카호처럼 아무에게도 청혼받지 못한 게 아니다. '도망간 마누라'라는 표현도 이혼의 책임은 자신이 떠맡겠다고 하는 나름의 배려라고 생각한다.

"야마시로 씨, 그 무렵에는 매일 밤 우리 집에 왔었지."

* 쌀겨나 밀기울을 가볍게 볶아 소금물과 섞어 발효시킨 것.

마스터가 록 글라스를 카호 앞에 놓으며 한마디 거들었다.

"내가 있으면 마누라가 싫어해서. 거의 회사에서 자다시피 했지."

이혼 후 한동안 발길이 뜸했지만 최근 1년 사이 다시 자주 오고 있다. 확실하게는 말하지 않지만, 야마시로는 독신이 된 후에 여자 친구가 있었던 것 같다. 그 여자와 헤어지고 드디어 밤이 쓸쓸해진 것이다.

"마스터, 한 잔 더."

야마시로는 조금 남은 것을 마저 비우고 잔을 얼굴 앞에 들었다. 마스터가 선반에서 꺼낸 것은 야마자키 18년. 재패니즈 싱글 몰트의 대표 격으로 프리미엄이 붙어서 해마다 비싸지고 있다.

그걸 글라스에 한 잔. 그대로 입에 머금더니 야마시로가 어깨 힘을 뺐다. 그 바람에 몸 옆에 늘어진 오른손이 카호의 스툴에 툭 닿았다.

좁은 가게다. 그런 일은 별로 드물지도 않다. 야마시로가 이번에는 스툴 측면을 가볍게 쳤다. 재촉에 따라 왼손을 내미니 카운터 아래로 손을 꼭 잡았다. 그대로 아무렇지도 않은 얼굴로 마스터와 얘기했다.

야마시로의 손은 두툼하고 피부가 부드럽고 따듯하다. 나쁘지는 않다고 생각하면서 카호는 바나나 향이 나는 술을 천천히 목으로 넘겼다.

야마시로에게 연심이 있을 리 없다. 하물며 결혼 생각 따위 머리를 스친 적도 없지만, 불쾌감이 들지 않는 남성에게 호의를 받는 것은 순수하게 기뻤다. 남녀 관계의 웃물만 떠서 기분이 괜찮았다.

천박하다는 자각은 있다. 나도 아직 쓸 만하지 않나, 생각하고 싶어서 오늘 밤 캄파눌라로 발길을 돌렸다. 꽤 높은 확률로 야마시로가 있다는 것을 알고 있으니까.

없으면 마스터와 떠들다 가면 된다. 먼저 '만나고 싶다'라며 연락하는 건 말도 안 된다.

더 이상 관계를 발전시킬 생각도 없었다. 딱 좋은 분위기의 이성 친구. 그 정도가 서로에게 가장 마음 편하고 좋은 수위란 걸 알고 있다. 야마시로는 "운 좋으면."이라고 하지만 카호가 획 돌아서면 "칫." 하고 삐친 척한다.

마흔 넘은 남자와 여자다. 성급함은 없고 겁쟁이여서 모호한 것을 나쁘게 생각하지 않는다. 한동안은 이대로 가깝지도, 멀지도 않게 있으면 됐다.

바나나주와 마스터의 야심작이라고 하는 스타프루츠주를 마시고 충전 완료라는 듯이 야마시로에게서 손을 뺐다. 마침 그 타이밍에 새 손님이 들어왔다.

"슬슬 가볼까. 마스터, 계산."

"카호 것도 같이."

"아뇨, 아뇨. 그럴 것 없어요."

마스터가 종잇조각에 써서 넘겨준 금액을 보고 재빨리 스마트폰으로 결제했다. 야마시로가 "쳇." 하고는 입술을 내밀었다.

"그럼 또 올게요." 하고 카호는 가방을 어깨에 메고 가게를 나왔다.

요츠야에서 요츠야 3초메까지는 술에서 깨는 데 딱 좋은 거리다. 상쾌한 10월의 밤바람이 약간 열이 나는 귓불을 기분 좋게 쓰다듬고 간다.

손목시계를 보니 10시 반이다. 과실주 향이 아직 코끝에 남아 있을 때 욕조에 바스 솔트라도 넣고 유유히 고독을 녹여볼까. 아까 다키자와 녀석을 오랜만에 떠올린 게 옳지 않았다.

야마시로에게 잡혀 있던 왼손이 아직 따뜻하다. 이 온기가 사라지는 것이 조금 아쉬운 기분도 들었다.

그런 생각을 하고 있는데 뒤에서 누가 어깨를 쳤다.

돌아보니 가볍게 숨을 헐떡이며 야마시로가 서 있다. 바로 계산하고 쫓아온 것인가.

"나도 요츠야 3초메에서 돌아가려고."

"회사로 돌아가지 않아도 돼요?"

"응, 오늘은 괜찮아."

야마시로의 근무처는 요츠야역에서 좀 멀다. 카호가 알기로 야마시로는 캄파눌라에서 한잔 걸치고 일하러 돌아가는 일도 종종 있었다.

"가끔은 걷기도 해야지."

그렇게 말하고 동그란 배를 쓰다듬었다. 카호는 후후, 하고 입술 끝으로 웃었다.

뻔히 보이는 거짓말이다. 데려다주겠다고 하면 경계할 걸 알고 있다. 야마시로는 손의 온기만으로 만족하지 못했던 것 같다.

할 수 없이 둘이 나란히 걸었다. 가는 길에 야마시로가 과실주 얘기를 꺼냈다.

"둘 곳이 없다니, 대체 얼마나 만든 거야?"

"그러게요. 매실주가 3년분이고, 라임이랑 레몬이랑 딸기랑……."

꼼꼼하게 손가락을 꼽았다. 야마시로는 허, 하며 반은 건성으로 들었다.

"좋겠네. 언제 마셔보고 싶네."

카호는 또다시 후후 웃었다. 희한하다. 남자는 몇 살이 돼도 속마음을 숨기는 게 서투르다.

평소 같으면 카호가 "그러게요. 언제 한번."이라고 말하고, 그러면 야마시로가 "쳇." 하며 삐친 척했을 터다. 하지만 카호는 질문을 바꾸었다.

"언제요?"

코끝에 남은 과실 향이 바람에 실려 날아갔다. 손을 뻗쳐도 잡을 수 없는 것과 함께. 이를테면 열두 살 카호의 천진난만함이나 고향으로 돌아가겠다고 선언하는 다키자와의 어깨선, 귀여운 아들을 위해 귀가를 서두르는 동료의 뒷모습 같은 것. 그것들이 점점 뒤로 사라져갔다.

"엇!"

야마시로의 놀란 목소리에 정신을 차렸다. 곁눈으로 보니 그 눈동자는 기대로 찰랑거렸다.

"오늘 밤이어도 돼?"

그럴 생각은 아니었습니다, 라는 말은 이미 할 수 없는 분위기였다.

4

어쩌다 이렇게 됐을까 생각하며 편의점에서 소다수와 얼음과 안주를 사서 맨션 출입문 도어록을 열었다. 야마시로는 콧노래라도 부를 것 같은 발걸음으로 카호의 뒤를 따라왔다.

엘리베이터 안에서는 왠지 모르게 말이 없어졌다. 괜찮은 건가, 머릿속에 물음표가 돌아다녔다.

외로움을 달래기 위해 남자와 자도 되는 건 몇 살까지라는 정의가 있다면 간단할 텐데. 젊다면 하룻밤의 실수로 끝날 것이 이 나이에는 하룻밤의 수치가 될 것 같아서 가슴팍에 기분 나쁜 땀이 배어났다.

그보다 5년 만인데 괜찮을까. 취기 탓을 할 만큼 취하지 않은 것도 문제였다. 오히려 점점 깨고 있었다.

머뭇거리는 사이, 집 앞에 다 와버렸다. "들어오세요." 하고 어색하게 현관문을 당겼다. 야마시로는 "실례합니다." 하고 허리를 숙였다.

"와, 역시 인테리어 일을 해서 그런지 집이 세련됐네."

야마시로는 과장되게 집을 칭찬하며 권하는 대로 소파에 앉았다. 어색한지 연신 무릎을 비비고 있다.

지금부터 이 남자와 자는 건가. 냉정하게 관찰하니 살도 너무 쪘고, 피부는 기름지고, 등 뒤로 돌아서서 보니 정수리가 허전하다. 하지만 40대 남자가 이런 거겠지. 카호 자신도 몸매를 유지하고는 있지만 명백히 중력을 거스르지 못하는 부위가 있다. 남 일이 아니다.

"뭐 마실래요?"

그러자 야마시로가 일어나 캐비닛으로 다가왔다. 안을 들여다보고는 "우와!" 하고 손뼉을 쳤다.

"정말이네. 꽉 찼어. 추천한다면?"

"다 맛있어요."

"그러면 제일 많이 줄어든 이걸로 하지."

야마시로가 가리킨 것은 3년 된 테킬라 베이스의 매실주였다. 이것은 원래 500밀리미터밖에 담그지 않아서 제일 적게 남았다.

"소다와리*로 할까요?"

"응, 고마워."

유리 볼에 얼음을 담고 집게를 곁들여서 탁자에 내려놓았다. 결혼식 답례품으로 받은 커플 잔을 사용하는 게 오늘이라니. 소파에 앉은 야마시로 옆에 앉기는 왠지 꺼려

* 탄산수에 희석해 마시는 것.

져서, 탁자를 사이에 두고 러그에 정면으로 앉았다. 2인분의 소다와리를 만들어서 한쪽을 내밀었다.

"음, 확실히 맛있네."

"좀 특유의 향이 있는 게 맛있죠. 여기에는 스모크 치즈가 어울리더라고요."

편의점에서 산 마른안주와 치즈를 접시에 꺼냈다. 야마시로는 얼른 캔디 타입의 스모크 치즈 껍질을 까더니 입에 쏙 던져넣었다.

"음. 맛있다, 맛있다."

다행이다. 카호는 옷장 앞에 서서 재킷을 벗어 옷걸이에 걸었다. 사실은 통이 좁은 바지도 벗고 싶었지만 원룸이라 옷을 갈아입을 공간이 욕실밖에 없다. 자기 집에서 조심조심 갈아입는 것도 웃긴 것 같아서 포기했다.

"한 잔 더."

"넷?"

벌써? 하고 묻고 싶은 걸 억누르며 돌아보았다. 야마시로가 얼음만 남은 잔을 흔들고 있다.

"목 넘김이 좋아서 그만 다 비워버렸네."

천진난만하게 웃는 얼굴에 뭐라고 하지도 못하고 카호도 사교용 미소를 지었다.

"두 잔째는 다른 걸로 할까요."

"아냐, 얼마 안 남았으니까 이걸 마저 비우자."

야마시로가 탁자에 내놓은 테킬라 매실주 병을 손바닥으로 친다.

"마시던 거 정리하고 공간 만들고 싶잖아."

캄파눌라에서 한 말은 농담이 아니었던가. 뺨에 경련이 이는 것을 간신히 참았다.

3년 된 매실주다. 맛의 변화를 즐기면서 조금씩 아껴가며 마셨다. 침전이 생기면 걸러주며 나름대로 정성도 들였다. 잘도 무신경하게 비우자고 말하네.

그렇긴 하지만 얼마 남지 않은 것도 사실이다. 한두 잔에 미련을 두느니 차라리 다 마셔버리자고 마음을 비웠다.

"그러네요. 비우죠, 뭐."

남자도, 술도 미련을 남기는 건 좋지 않다. 즐겁게 마시고 취하고, 다음 날 아침에 좀 후회하다가 샤워하면서 깔끔히 잊어버리는 정도가 좋다.

통 크게 남은 매실주를 전부 잔에 붓고 록으로 주었다.

안녕, 3년 숙성. 하지만 2년이 대기하고 있으니까 그나마 괜찮다.

카호는 러그에 바로 앉아서 3년 숙성 매실주를 애도했

다. 그런 속도 모르고 야마시로는 "록도 맛있네."라며 연신 칭찬했다.

"카호는 요리는 안 해?"

"네, 평소에는 간단한 안주 정도."

"간단해도 괜찮아."

뭔가 만들라는 뜻인가. 야마시로는 알코올이 들어가서 긴장이 풀린 것 같다. 좀 전까지 오므리고 있던 무릎이 벌어져 있다.

"하지만 야마시로 씨, 좀 전에 카레 먹었잖아요."

은근히 '살쪄요' 하는 분위기로 말하니 야마시로는 "쳇." 하고 어깨를 떨어뜨린다.

이 '쳇'은 옳지 않다.

"과실주는 부지런히 만들면서."

"그러게요, 왜 그럴까요. 느긋하게 숙성시키는 느낌이 좋아서일까요."

"아, 도망간 마누라도 그렇게 말했어. 그러면 된장 담그기도 취향에 맞지 않을까?"

"글쎄요, 어떠려나요."

평소보다 야마시로가 말이 많은 것은 다른 소리가 없어서일까. 몸을 돌려서 혼자 있을 때는 별로 보지 않는 텔레비전을 켰다. 적당히 채널을 돌리고 있는데 야마시로가 "앗." 하면서 몸을 내밀었다.

"이 프로그램, 재미있지."

"그러세요?"

"나도 평소엔 본방송을 보지 못하지만."

예능 프로그램에는 관심이 없다. 하지만 야마시로가 좋아하는 것 같다. 애써 대화하지 않아도 되니 잘됐다.

야마시로의 낮은 웃음소리가 울린다. 탁자에는 빈 과실주 병이 두 개. 테킬라 매실주에 이어서 블루베리도 비웠다. 그리고 지금 카호는 야마시로의 요구대로 딸기 위스키 소다와리를 만들고 있다.

과실주라고는 하지만 베이스가 되는 술의 도수는 높다. 그래도 야마시로는 괜찮은지 계속 마시며 텔레비전에 나온 코미디언의 개그에 진지하게 웃고 있다.

혹시 잘 거라고 생각했던 건 카호 혼자만의 생각이었을까. 야마시로는 그저 말한 대로 과실주를 마시러 온 것뿐일지도 모른다.

그런 의혹을 품을 만큼 그는 소파에 널브러져 쉬고 있다. 딸기 위스키 소다와리를 옆에 놓아주자, 야마시로는 텔레비전에 시선이 박힌 채 잔을 들고 호쾌하게 마셨다. 카호는 그만 "으악!" 하고 소리치고 싶어졌다.

사샤샤샤 튀는 첫사랑의 맛. 그것이 아무런 감흥도 없이 야마시로의 목으로 흘러 넘어간다.

"맛있네. 이것도 비울까."

그 만족스러운 표정에 증오마저 느껴졌다.

정성껏 만든 것을 어째서 이렇게 아무렇게나 소비하는가. 물론 마시기 위해 담근 것이지만, 과정이나 만든 사람의 마음에 아무런 관심도 없는 것은 뭔가 허무하다. 마치 선행이라도 베푸는 듯 '비워주고' 있는 거라면 더 억울하다.

소다수는 아까 비었다. 만들어둔 얼음이라면 아직 냉동실에 있지만 카호는 조용히 고개를 저었다.

"탈 것이 다 떨어졌네요."

딸기주도 겨우 한 잔분이 남았다. 카호는 이걸로 끝이라고 선을 긋기로 했다. 하지만 야마시로는 아무렇지도 않게 말했다.

"따뜻한 물을 타도 돼. 주전자 정도는 있겠지."

텔레비전에서 일부러 내는 것 같은 웃음소리가 들려왔다. 야마시로도 깔깔 웃고 있다. 말문이 막혀서 가만히 있으니, 그가 의심스럽다는 듯이 고개를 갸웃거렸다.

"설마, 없어? 이야, 그건 아웃이네."

누가, 누구를 심판하는 거냐.

짜증이 극에 달했다.

칠칠치 못하게 소파에 묻혀 있는 살덩어리. 언제 벗었는지 검은 양말이 러그에 나란히 있다. 안주는 다 흘리면서 먹고, 손가락 하나 움직이지 않으면서 이것저것 지시만 하고. 새삼스럽게 대체 뭐야, 이 생물체는, 싫어서 째려봤다.

'도망간 마누라'라는 표현은 과장이 아니었는지도 모른다. 밖에서 만날 때는 몰랐는데 카호의 공간에 들어서는 순간 그의 이질적인 모습이 도드라져 보였다.

내가 관리하는 공간에 왜 이런 것이 있는지.

아까부터 무엇을 마셔도 "맛있다."라는 말밖에 하지 않는다. 야마자키 18년에 카레를 먹는 남자다. 섬세한 미각을 가졌을 리 없다.

카호는 빈 병을 둘러보았다. 이런 남자에게 마시게 하다니 불쌍한 나의 술들. 미안, 다음 계절이 되면 다시 처음부터 시작하자꾸나.

"카호?"

입을 다물고 있는 카호에게 차가운 분위기를 느낀 걸

까. 야마시로가 살살거리는 목소리로 이름을 불렀다. 짜증을 억누르며 카호는 겨우 미소를 지었다.

"미안해요, 야마시로 씨. 내일 미팅에 필요한 자료 만들어야 하는 걸 깜박했어요."

야마시로가 안도의 한숨을 쉬었다. 무엇을 안도하는 걸까.

"뭐야. 기다릴 테니 얼른 만들어."

"그게 아침까지 걸릴 것 같아요. 아직 전철이 다닐 때 생각나서 다행이네요."

야마시로가 입을 떡 벌렸다. 카호는 태연히 그 얼굴을 쳐다보았다.

"말도 안 돼. 돌아가라고?"

"미안해요."

"이렇게 기대하게 해놓고?"

"미안해요."

"그런 게 어디 있어."

"미안해요."

아무리 물고 늘어져도 "미안해요."라고만 했다. 야마시로는 "칫."이라고도 하지 않고 말없이 양말을 신었다. 정말로 기분이 상한 것 같다.

"갑니다. 가면 되잖습니까."

작은 소리로 "빌어먹을 년."이라고 중얼거린 것은 혼잣말이었을까. 너도 충분히 빌어먹을 놈이라고 속으로만 대꾸해주었다.

"잊어버린 건 없으세요?"

"예예, 없습니다."

"그럼, 잘 가요."

야마시로를 현관에서 쫓아내자마자 바로 문을 잠그고 잠금쇠를 걸었다.

피곤했다. 둘 다 제멋대로였고, 무의미한 밤이었다.

텔레비전을 끄고 집에 야마시로의 체취가 남아 있는 기분이 들어서 창을 열었다.

건조한 바깥 공기가 상쾌해서 카호는 묶은 머리를 풀고 바람을 쐬었다. 들이마신 숨이 배 속까지 떨어져 내렸다.

혼자 있으면 깊은숨이 쉬어진다. 다키자와와 헤어지고 이 집으로 이사를 왔을 때도 그랬다.

일단 야마시로가 있던 흔적을 지우자. 탁자 위를 치우고 소파와 러그에 탈취 스프레이를 뿌렸다. 과실주는 없지만 매실은 잼으로, 블루베리는 머핀으로 만들면 된다.

한바탕 정리를 마친 뒤에야 후유 하고 숨을 돌렸다. 딱

한 잔분 남은 딸기주 병이지만 아직 테이블에 있었다.

갓 씻은 잔을 들고 분홍색 액체를 전부 부었다. 코끝에 가까이 들고 보니 딸기의 새콤달콤함이 녹은 좋은 향이 난다.

소다수는 이제 없다. 원액 그대로 목으로 넘겼다.

끈질길 정도로 달콤한데 식도가 확 뜨거워졌다. 딸기향과 귀여운 색감에 속기 쉽지만 이것은 흉포한 술이다.

뽀글뽀글 터지는 청량감은 단순한 혼합물. 첫사랑의 맛이라니, 먼 기억을 미화하는 것에 지나지 않는다는 걸 알고 있다. 5년 전에 헤어진 다키자와의 기억조차 이미 사실과는 멀어졌을 것이다.

열두 살 카호의 천진난만한 물음이 떠올랐다. 결혼을 막연히 동경했던 그 아이에게 지금이라면 말할 수 있다.

가정을 갖는 것이 여자의 인생 전부는 아니란다.

잔을 내려놓고 카호는 뒤로 기지개를 켰다.

결정했다. 내일부터 진지하게 맨션을 찾자.

조건은 오로지 내가 편안한 집, 그것만 보고 고르는 것이다. 그리고 그 집에서 혼자 즐기기 위한 술을 담그자. 달지만은 않지만 시간이 흐를수록 맛있어지는 게 있다는 것을 지금의 카호는 알고 있다.

양조학과의 우이치

누카가 미오

누카가 미오

1990년 이바라키현에서 태어났다. 2015년《옥상의 윈드노츠》로 마츠모토 세이초상, 같은 해《외톨이들》로 쇼가쿠칸 문고 소설상을 받으며 데뷔했다. 주요 저서로《달리기의 맛》,《바람을 사랑하다》,《안녕, 크림소다》,《오키하루의 눈물을 죽여줘》,《바람은 산에서 불고 있다》 등이 있다.

*

부모님이 그렇게까지 과보호하는 편은 아니라고 생각했는데, 어쩐지 그렇지도 않은 것 같다고 사쿠라바 코하루가 깨달은 것은 대학교 기숙사에 들어간 첫날이었다.

"알겠어? 밤늦게까지 돌아다니면 안 된다? 기숙사 통금 잘 지키고, 아르바이트도 기숙사 선배들과 의논해서 잘 고르고. 이상한 동아리에 들어가면 안 돼?"

짐을 정리하고 돌아갈 무렵에 엄마가 로비에서 잔소리를 했다. "여보." 하고 아빠가 어깨를 치는가 했더니, 이번에는 아빠가 "어울리는 남자들, 잘 골라야 한다. 어울린다는 건 요컨대 사귄다는 거니까. 도쿄의 대학은 일본 전 지역에서 모인 사람들이라 좋은 사람만 있는 게 아니야……."라고 했다. 두 사람이 번갈아 가며 "학생의 본분은 공부니까.", "생활비는 보내겠지만 아껴 써야 해.", "기숙사라고 방심하지 말고 문단속과 방범 신경 쓰고.", "편식하면 안 돼." 등 대학 합격한 날부터 오늘까지 "딸이 상경하는 게 뭐 별일이라고." 하던 분위기가 마치 거짓말이었던 것처럼 하염없이 잔소리를 했다.

같은 기숙사에 사는 선배 몇 명이 코하루네를 흘끗흘끗 보면서 지나갔다. 그러자 엄마가 “우리 아이, 오늘 들어왔어요. 잘 부탁합니다.” 라고 인사를 해서 코하루는 두 사람을 황급히 차에 밀어 넣었다.

“집까지 가려면 시간 많이 걸리니까, 어서 가!”

저물어가는 해를 올려다보며 코하루는 큰소리로 외쳤다. 아침 일찍 이바라키 본가를 출발해 기숙사에 도착했고 겨우 짐 정리를 마쳤다. 부모님은 이대로 차를 타고 이바라키로 돌아간다.

두 사람이 차를 타고 문을 닫고 시동을 걸고, 후진해서 기숙사 대지를 나가기까지 30분이 걸렸다. 이대로 같이 본가에 돌아가게 되는 것 아닌가 코하루는 세 번 정도 생각했다.

“겨, 겨우 돌아갔어…….”

멀어져가는 미니밴을 배웅하고 나서 코하루는 기숙사 문에 기대어 한숨을 쉬었다. 기숙사에 들어왔다고는 하지만 태어나서 처음으로 부모 곁을 떠나 사는 것이다. 부모님이 돌아갈 때 울지 않을까 생각했는데, 폭풍이 지나갔다는 생각밖에 들지 않았다.

한 기숙사생이 돌아와서 코하루 옆을 지나갔다. 같은

대학 선배일까, 아니면 자신과 같은 신입생일까. 아까 아빠한테 "인사는 밝고 큰 소리로 해라."라는 말을 들어서 일단 웃는 얼굴로 "안녕하세요." 하고 인사했다.

그때 기숙사 로비에서 부르는 소리가 났다.

코하루우, 하고 어미가 녹은 동그란 소리였다. 아는 사람이 없을 거라고 부모님이 믿고 있는 이 기숙사에서 유일하게 코하루를 아는 사람이다.

"아저씨와 아주머니, 이제 가셨구나."

유리문을 열고 연한 회색 파카를 입은 남자 대학생이 쑥 얼굴을 내밀었다. 고무 슬리퍼를 찰싹거리며, 코하루 부모님이 탄 미니밴은 보이지도 않는데 주위를 살피듯이 조심스레 코하루 앞에 섰다.

1년 만에 만났는데 마치 어제도 만난 것 같은 말투로 사쿠라바 우이치는 코하루에게 웃음을 건넸다.

"……오랜만이야, 우이치."

사쿠라바 우이치. 한 살 위인 6촌으로 중학교, 고등학교 선배이기도 하고 일본농업대학교—통칭 일농대 2학년이다. 코하루는 올 4월부터 그와 같은 일농대에 입학한다. 학부와 학과까지 우이치와 같다. 응용생물과학부의 양조학과, 코하루는 4년 동안 양조에 관해 배운다. 부모님이 하는 양조장을 물려받기 위해서다.

"미안하네. 코하루 짐 정리 도와주려고 했는데. 아저씨가 싫어할 것 같아서."

헤헤헤, 하고 웃는 우이치의 말투는 봄바람에 녹을 듯이 부드럽다. 머리칼을 밀크티 같은 색으로 물들이고 벌써 도쿄에 적응한 것 같은 분위기를 풍겼지만, 코하루가 잘 아는 사쿠라바 우이치 그대로였다.

"오지 않길 잘했어. 엄마랑 아빠는 우이치가 기숙사에 있는 걸 모르니까."

"아, 말하지 않았구나. 내가 남자 기숙사에 있다고."

우이치가 고등학교를 졸업할 때 코하루에게 대학교 기숙사에 들어간다고 했지만 코하루는 말을 부모님에게 전하지 않았다. 일농대에 합격하고 부모님이 "혼자 사는 건 무리잖아."라며 기숙사를 권할 때도 말하지 않았다.

"성가셔질 것 같아서."

"하긴, 내가 같은 기숙사에 있다는 걸 알면 코하루를 기숙사에 보내지 않았겠지?"

아무려면 그렇게까지야……, 라고 하려다 얼마든지 그럴 수 있는 일이어서 입을 다물었다.

코하루의 집과 우이치의 집은 사이가 나쁘다. 그것도

엄청나게 나쁘다.

"대학교 입학, 축하해."

우이치가 진지한 모습으로 코하루를 내려다보았다.

"입학식은 다음 주야."

"기숙사에 들어왔으니 이제 일농대생이지. 같은 양조학과이기도 하니 사이좋게 지내자."

사이좋게 지내자. 우이치는 코하루가 중학교에 입학했을 때도, 고등학교에 입학했을 때도 같은 말을 했다. 한 살 위인 육촌으로서, 선배로서 당연하다는 얼굴로.

하지만 우이치의 말처럼 그들은 절대로 사이좋거나 친한 선후배가 될 수 없었다. 실제로 우이치가 일농대에 합격해서 상경한 뒤로는 한 번도 본 적이 없다. 둘 다 스마트폰이 있지만 연락처를 교환한 적도 없다. 코하루와 우이치가 친해지는 것을 양가 부모들은 절대 좋게 생각하지 않을 테니까.

"나, 사케 연구하는 세미나에 들어가 있으니까 개강하면 코하루도 놀러 와."

당연한 듯이 말하는 우이치에게 '아니, 하지만.'이란 말이 목까지 나왔다.

양조장의 자식이니 양조학과에서 양조와 발효에 관해

배우고 사케를 연구하는 세미나에 들어간다……. 아주 자연스러운 진로다. 우이치는 그 길을 제대로 밟고 있다. 코하루도 오늘부터 그 길에 발을 들였다.

아니, 하지만.

일농대 오픈 캠퍼스에 왔을 때, 지망 대학을 정했을 때, 입학시험을 칠 때, 합격자 발표 때 몇 번이나 끓어올랐던 말을 코하루는 한 번 더 삼켰다.

"저녁때 식당에서 보자. 우리 기숙사 밥, 맛있어. 농학부 농장에서 수확한 채소랑 축산학부에서 키운 돼지나 닭이 나오니까 기대해."

우이치는 코하루의 마음을 전혀 눈치채지 못하고 손을 흔들면서 건물 안으로 돌아갔다. 찰싹찰싹하고 슬리퍼 끄는 소리가 어딘지 모르게 우이치의 말투를 닮았다.

기숙사는 로비와 공용 공간, 식당을 사이에 두고 남자 기숙사와 여자 기숙사로 나뉘어 있다. 남자 기숙사로 이어지는 계단을 올라가는 우이치를 배웅하고 코하루는 자기 방으로 돌아왔다.

3층 제일 구석이다. 엄마가 "모퉁이 방으로 잘 걸렸네." 하고 기뻐한 방의 창에서는 일농대 캠퍼스가 잘 보였다. 도내 캠퍼스에는 대규모 농장은 없지만 실험 농원과 식물원, 바이오 시설이 나무가 우거진 캠퍼스 안 곳곳에 있었다. 그걸 보고 있으니 이곳이 도쿄의 23구*란 걸 잊을 것 같다. 신주쿠인지 시부야인지. 멀리 어렴풋이 빌딩 숲까지 보이는데.

침대, 책상, 옷장, 작은 선반과 텔레비전, 욕조. 3평 남짓한 좁은 방은 그야말로 대학 기숙사 같았다. 짐으로 빼곡한 이 공간 사방에서 '공부나 해'라고 말하는 것 같다.

저녁 식사는 6시부터 8시 사이라고 들었다. 그때까지 텔레비전이나 볼까 하고 침대에 걸터앉으려다가, 바닥에 놓인 기다랗고 좁은 상자에 발이 걸렸다.

"아앗, 그렇지……."

상자를 열어보고 코하루는 어깨를 축 떨어뜨렸다. 검은색 글씨로 '사쿠라바 양조'라고 쓰인 상자 안에는 푸른빛이 도는 한 되들이** 병이 들어 있다. 사케다. 벚꽃색 라벨에는 '봄의 연주'라고 술 이름이 쓰여 있다. 엄마가 "식당 아주머니한테 드려. 기숙사 선배한테 줘도 돼." 하고 마음대로 두고 갔다. 양조장 딸로서 친하게 지내자는 자연스러운 표시였다. 농가 사람이 채소를 나눠 주는 것과

* 23구는 도쿄도의 핵심부로 도쿄 특별구라고도 한다.
** 약 1.8리터.

비슷한 느낌이다.

"아무리 양조장을 해도 그렇지, 미성년자 방에 술을 두고 가다니."

코하루의 본가는 사쿠라바 주조라고 하는 3대째 내려오는 양조장을 운영하며, 사케 장인인 아빠가 대표 브랜드인 '봄의 연주'를 만들고 있다. 이 술은 중후한 향과 사케의 원료인 쌀의 단맛이 또렷이 느껴지는 깊이 있는 맛……이라고 한다.

외동딸인 코하루는 그런 사쿠라바 주조의 4대째 주인이 될—예정이다. 그래서 대학에서 양조를 배울 필요가 있다. 일농대를 고른 것도 그런 이유에서다. 양조학과가 있는 대학은 얼마 되지 않아서 선택지가 좁다. 이바라키 본가에서 가장 가까운 대학이 일농대였다.

별로 이과 과목을 좋아한 건 아니다. 굳이 따지자면 문과였다. 화학을 좋아하는 것도 아니고, 미생물이나 바이오에너지에 흥미가 있었던 것도 아니다. 그저 분위기상 처음부터 일농대 양조학과를 지원하는 것으로 정해졌다. 부모가 명령한 것도 아니고 귀가 따갑게 잔소리를 한 것도 아닌데, 정신을 차리고 보니 그런 흐름을 타고 있었다.

봄의 연주를 상자에 다시 담아서, 침대 밑 수납공간에

밀어 넣었다. 졸업할 때까지 여기서 꺼내는 일이 없지 않을까, 하는 생각조차 들었다.

중학교 졸업하던 날, 아버지가 권해서 봄의 연주를 한 모금 마신 적이 있다. 양조장 자식이니까 이런저런 일로 집에서 만든 술을 마실 때가 있다. 합격 축하, 입학 축하 등 축하할 이유를 붙여서.

아빠가 "코하루도 벌써 고등학생이구나." 하며 봄의 연주를 파란 무늬 잔에 따라주었다. 엄마도 아빠도 같은 잔을 꺼내 와서 함께 마셨다. 자신의 성장을 축하하는 조촐한 의식처럼 느껴져서 코하루는 신묘한 기분으로 잔을 들었다.

한 모금 마시고 바로 잔에 토했다. 유감스럽지만 '쌀의 단맛'도, '깊이 있는 맛'도 느낄 수 없었다. 맛을 느끼기 전에 먼저 입안이 화끈거렸고, 씁쓸한 듯 떫은 듯한 풍미에 혀가 무거워졌다. 이걸 "맛있네, 맛있어." 하면서 마시는 부모님의 마음을 이해할 수 없었다. "코하루에게는 좀 이른가 보네." 하고 웃는 엄마와 아빠를 노려보았다.

"차라리 우이치가 물려받으면 좋을 텐데."

소리 내서 말할 생각은 아니었는데 의외로 큰 소리가 혼자뿐인 방에 울렸다. 민망하고 꺼림칙한 기분이 들어

엉겁결에 침대에서 이불킥을 하며 베개에 얼굴을 묻었다. 앞으로 4년 동안 생활할 방에서 처음으로 한 짓이 이건가, 머리를 쥐어뜯고 싶어졌다.

우이치의 본가는 우키치 주조라는 양조장이다. 두 집은 아주 아주 사이가 나쁘다. 웃음이 날 정도로 나쁘다.

옛날 옛날에 기타간토의 큰 강 언저리에 있는 시골 마을에 사쿠라바 주조라는, 작지만 성실하게 술을 만드는 양조장이 있었답니다. '봄의 연주'라고, 지역 사람들에게 사랑받는 맛있고 맛있는 준마이슈*를 만들었죠.

그런 사쿠라바 주조에는 두 아들이 있었답니다. 어른이 된 형제는 양조장 경영 방침을 둘러싸고 이따금 싸웠습니다. 지금까지의 방식을 고수하고 싶은 형과 새로운 것에 도전하고 싶은 동생. 싸움은 해가 갈수록 심해져서 결국 동생은 집을 나갔습니다.

형은 사쿠라바 주조를 이어받았고, 동생은 사쿠라바 주조를 뛰쳐나가서 우키치 주조를 차렸습니다. 참고로 우키치는 동생의 이름입니다.

원래는 하나였을 사쿠라바 주조와 우키치 주조는 둘로

* 양조 알코올을 첨가하지 않고 쌀, 누룩, 물로만 빚은 사케.

나뉜 뒤에도 '어느 쪽이 더 훌륭한 양조장인가' 다투느라 점점 사이가 험악해졌습니다. 서서히 친척 간의 교류도 줄어들어서, 경조사 때나 얼굴을 비치는 관계가 됐습니다. 형제 싸움은 시간이 해결해주는 게 아니었습니다.

세월이 흘러 사쿠라바 주조와 우키치 주조에서 아이들이 태어났습니다. 이를 계기로 화해하는가 했더니, 아이들 대에서도 두 주조는 여전히 사이가 나빴습니다. 과연 손자 대에는 어떻게 될까요.

그런 옛날이야기가 코하루와 우이치에게로 이어지고 있었다.

같은 시내에 살면서 거의 얼굴을 마주치지 않는 경쟁자 사이인 사쿠라바 주조와 우키치 주조에 태어난 코하루와 우이치가 처음으로 서로를 인식한 것은 코하루의 할아버지 장례식 때였다. 코하루는 다섯 살이고 우이치는 여섯 살이었다.

어른들이 어떤 모습으로 얼굴을 대했는지는 모르지만, 코하루는 자택 정원에서 처음으로 사쿠라바 우이치를 만났다. 아마 코하루는 검은색 원피스를 입고 있었고, 우이치는 검은색 재킷과 반바지를 입고 있었던 것 같다. 우이치는 코하루네 정원에서 소나무를 올려다보며 우두커니

서 있었다.

무슨 얘기를 했는지는 기억나지 않는다. 겨우 다섯 살이었으니 그리 내용 있는 대화는 하지 않았을 것이다. 서로의 이름을 인식하고, 할아버지 동생의 손자라는 것, 즉 자기들이 친척이라는 것만 알았다.

그 후에도 경조사에서 몇 번 우이치를 만났다. 하지만 나이를 먹어가며 그들의 부모, 특히 아버지들끼리 사이가 나쁘다는 것을 알게 됐다.

얼굴을 마주칠 때마다 양가 부모가 큰 싸움을 하는 건 아니었다. 웃는 얼굴로 인사도 했다. 하지만 눈은 웃지 않았고 뒤에서 험담을 했다. 코하루의 아빠는 "그놈은 새것만 좋아하고 심지가 없어."라든지 "유행이나 따르고 꼴사납게."라는 말을 종종 했다. 아마도 우이치의 아버지는 코하루의 아버지를 가리켜 "과거에 연연하는 보수적인 꼰대"라고 했을 것이다.

그래도 아버지끼리 서로를 엄청나게 싫어하는 것 같진 않았다. 부모 대부터 사이가 나빴다는 걸 알고 있고 좀 험악한 분위기가 양가에 떠돌 뿐이었다.

그 탓이리라. 코하루 자신과 우이치가 초등학교를 졸업할 때까지 말을 나눈 시간은 다 합쳐도 한 시간 조금 넘을 정도였다.

그래서 중학교에 입학했을 때 우이치가 “입학 축하해.”라고 말해서 당황했다. 봄 햇살이 내려앉은 교복은 어딘가 졸린 듯한 검은색이었다. 벚꽃의 하얀 잎이 눈처럼 팔랑거리며 나부낀…… 적은 없었다. 그런 이미지는 코하루가 멋대로 만들어낸 것이다. 그해는 벚꽃 개화가 일러서 입학식 무렵에는 완전히 잎으로 변해 있었다.

자기가 입고 있던 감색 세일러복은 어떻게 보였는지, 코하루는 우이치에게 한 번도 묻지 않았다.

같은 학교에 다니게 됐어도 관계가 가까워진 건 아니었다. 학년도, 동아리도 달랐고 서로 겹치는 친구도 없었다. 거리감은 있는데 육촌, 거창하게 말하자면 핏줄이었다.

그것을 지긋지긋하게 생각하게 된 건 우이치와 같은 고등학교에 진학했을 무렵일까. 그를 따라 같은 고등학교에 간 건 아니었다. 지역에서 괜찮은 학교가 그곳밖에 없었을 뿐이다.

고등학교를 졸업한 뒤 대학 진학과 취업에 관해 생각하다 깨달았다. 선생님들은 “너희의 미래에는 무한한 가능성이 있다.” 같은 말로 입시나 취업에 관해 얘기하지만, 나와 우이치는 태어날 때부터 어느 정도 미래가 정해져 있다는 걸.

코하루는 사쿠라바 주조를 이어받을 것이다. 우이치는 우키치 주조를 이어받는다. 이런 흐름을 타고 그들도 나중에 사이가 나빠질까. 그런 옛날이야기나 사극 같은 일이 앞으로 일어날까.

"태어날 때부터 후계자로 정해져 있다니, 뭔가 대하드라마 같아."

이렇게 말한 건 소꿉친구인 미유키였다. 미유키는 고등학교 3학년 때 "부모가 그냥 회사원인 것도 짜증 나. 어디든 좋으니까 취직하란 말밖에 안 해."라며 투덜거렸다.

"할아버지 대부터 사이가 나쁘다니 '로미오와 줄리엣'이네. 꺅."

이렇게 말한 것은 고등학교 시절 같은 배구부 부원이었던 연애 잘하는 아키코 선배였다. "로미오와 줄리엣은 두 사람 다 마지막엔 죽잖아요."라고 대답했더니 선배는 "그건 그것대로 드라마틱해서 좋잖아."라며 아주 진지한 얼굴이 되었다.

부모님 직업으로 내 장래가 정해지다니 숨이 막힌다. 누군가가 깐 레일 위를 걷고 싶지 않다. 내 손으로 미래를 개척하고 싶다. 그런 말을 하면 너무나 유치하고 꿈꾸는 소녀처럼 보일 것 같다. 멋대로 자기를 불쌍해하고 거기에 취해 있을 뿐이라는 생각이 든다.

하지만 생각하면 생각할수록 정말 그렇게 하고 싶다. 사쿠라바 우이치는 그걸 어떻게 받아들이고 있을까.

이런 생각들을 심각하게 하다가 저녁 시간에 식당으로 내려갔더니, 우이치가 밝은 얼굴로 "오늘 저녁은 치킨가스래." 하고 말을 걸어왔다.

*

교장 선생님 훈화는 언제나 길다는 것을 오랜 경험으로 알고 있지만, 어쩐지 대학교 '학과장'도 마찬가지인 것 같았다.

"술, 간장, 된장, 식초, 낫토, 가다랑어포, 채소절임과 같은 전통적인 발효식품은 미생물의 힘을 활용해서 만들고 있죠. 그리고 요구르트나 치즈는 물론 빵, 젓갈, 안초비, 김치까지……, 하여간 여러분이 먹는 많은 것이 발효 과정을 거쳐 만들어집니다. 양조학과에서는 옛날부터 우리나라에서 발전시켜 온 양조와 발효 기술을 익히고, 최신

바이오 사이언스를…….”

대학교 홈페이지에 쓰여 있는 것을 읊기만 할 뿐인 학과장 때문에 신입생 가이던스가 열리고 있는 대강당은 분위기가 서서히 흐트러졌다.

옆자리에 있던 남학생이 조그맣게 하품했다. 으하아암, 하고 소리까지 흘린다. 그 하품이 옮았지만, 코하루는 꾹 참았다. 졸음이 목 언저리에서 스르륵 녹았다.

그걸 느꼈는지 옆자리 남학생이 흘끗 이쪽을 쳐다봤다. 코하루는 ‘아뿔싸’ 하고 생각했다.

“학과장님 연설이, 너무 길죠?”

친근하게 말을 걸어와서 몇 초 망설이다 “정말 기네요.” 하고 대꾸했다. 그는 후후 웃더니 자기소개를 했다. 그의 이름은 후쿠이. 이름대로 후쿠이현 출신이라고 한다. 고등학교 졸업과 동시에 염색했는지 밝은 갈색 머리가 강의실 조명을 받아 반짝반짝 빛났다.

코하루가 “사쿠라바 코하루예요.”라고 이름을 말하자 그는 “오오, 봄처럼 귀여운 이름이네요.”라고 거침없이 말했다. 처음으로 말을 나눈 사람에게 속공으로 ‘귀엽다’라고 말하는 후쿠이의 속을 알 수 없었다.

“우리 집, 양조장해요.”

마치 출신 고등학교에 관해 얘기하듯이 자연스러운 그는 “양조장이라고 해도 아주 작지만.” 하고 덧붙였다.

농업대학은 역시 이런 것인가. “우리 집은 양계장해요.” “오, 우리 집은 젖소요.” “우리 집은 감자요.” “우리 집은 고시히카리 쌀을 10헥타르 정도…….” 이렇게 서로 자기소개를 하는 걸까.

“사쿠라바 씨네 집은? 뭔가 만드는 집인가요?”

어중간하게 존댓말이 섞인, 어딘가 간지러운 질문에 슬금슬금 거리가 좁혀지는 듯한 묘한 위압감을 느꼈다. 입학식에서는 같은 과 친구를 만들지 못했고, 오늘 가이던스에서 적어도 아는 사람을 만들고 싶다고 생각했지만, 이건 생각했던 상황과는 조금 다르다.

“실은 우리 집도 양조장이에요.”

솔직히 얘기했더니 후쿠이가 눈을 반짝거렸다. 실수했나. 언젠가 가업을 잇기 위해 대학에 온 동료. 그는 그렇게 생각한 것 같다.

“어, 정말요? 와, 왠지 반갑네. 그렇구나, 사쿠라바 씨도 양조장 딸이구나. 그래서 양조학과에 들어왔구나. 난 장남이어서 말이죠, 역시 뒤를 이어야 해서. 기왕 이을 거라면 단순히 물려받는 게 아니라 본가보다 더 크게 만들겠다고 생각하고 일농대를 선택했거든요. 이 과는 졸업생 8할이 국내 양조장에서 일하는 것 같지 않아요? 재학 중에 공부하면서 인맥을 쌓고 싶어요. 사쿠라바 씨도 3학년이 되면 양조 세미나에 들어갈 거죠? 앞으로 수업도 같이 들을 테고, 양조장 후계자들끼리 잘 지내봐요."

농대 양조학과에서 술 만들기를 공부해서 주조업계로 진출하는 동 세대와 인맥을 구축한다……. 보기에는 별로 성실해 보이지 않는데 지나치게 싹싹한 느낌이 왠지 불쾌하다. 그런 장래까지 야무지게 생각하고 있다니. 이 후쿠이라는 남자의 속을 더 알 수 없어졌다.

신입생이 모인 대강당 교단에서 학과장은 아직도 말을 하고 있다.

"양조학과에 입학한 1학년 여러분은 먼저 한 해 동안 양조학의 필수 기술인 미생물 취급을 철저하게 공부하고……."

양조학과에 입학한 학생은 1학년 때 이론으로 유기화학과 생화학, 미생물학을 배우고 2학년에 올라가서는 서서히 실습과 실험을 늘려가며 3학년 때는 각자 연구 영역에 맞춰서 세미나에 소속된다. 발효식품과 조미식품, 바이오에너지에 관해 연구도 하고—술 만들기를 배우기도 하고.

다 아는 것을 새삼스럽게 설명해서일까. 학과장의 말이 오른쪽 귀로 들어가서 왼쪽 귀로, 국수처럼 술술 흘러가 버린다.

"저기, 사쿠라바 씨네 양조장, 혹시 여기?"

후쿠이의 손이 쓱 시야로 들어왔다. 그가 보여준 스마트폰 화면에 사쿠라바 주조의 홈페이지가 떠 있다.

"아, 네. 거기예요……."

"본가의 대표 브랜드가 '봄의 연주'네요. 혹시 사쿠라바 씨 이름의 유래인가."

홈페이지 대문에는 봄의 연주 사진이 있었다. 음영이 들어간 배경에 푸른빛을 띤 유리병이 있다.

"그러게요. 일단 우리 브랜드에서 따온 것 같아요."

틀림없이 딸이 장래에 사쿠라바 주조를 이어받을 것을 예상했기 때문이다. 어린 시절부터 부모가 그린 미래를 간파하고 있었고, 그래서 고등학교 졸업 후의 진로도 양조학과가 있는 대학을 고른 것이다.

후쿠이가 자기네 본가 홈페이지를 보여주면서, 대표 브랜드는 무엇이며 맛은 어떻다고 설명했다. 코하루는 상냥하게 끄덕이면서 앞에 앉은 동급생들의 뒤통수를 바라보았다.

검은 머리의 쇼트커트, 말총머리, 스포츠 커트, 투 블록, 후쿠이처럼 입학하자마자 염색한 사람도 있다. 눈이 휘둥그레질 만큼 기발한 차림을 한 사람은 없다. 그래도 모두 코하루와 마찬가지로 양조장 자식이거나 된장 가게, 간장 공장, 빵집, 치즈 공방 자식일까. 가업을 이어받기 위해 대학에 와서 자기 대에서 가업을 크게 만들겠다거나, 새로운 비즈니스 모델을 만든다거나, 일본의 먹거리 미래를 개척하겠다는 등 대단한 야망들을 품고 있는 걸까.

여긴 그런 꿈과 의지로 넘치는 곳일까. 만약 그렇다고 한다면 자기는 머잖아 튕겨나갈 것 같은 예감이 들었다.

"사쿠라바 씨, 혹시 끝나고 시간 있어요?"

학과장의 긴 연설을 견뎌내고 대강당을 나오는데 후쿠이가 또 말을 걸었다. 혼잡한 틈을 타 얼른 일어서서 나왔는데 바로 뒤를 따라온 것 같다.

"학교 식당에서 점심 먹고 오후부터 동아리 구경하러 다니지 않을래요? 흥미 있는 동아리 있어요? 같이 보러 가요."

신입생 가이던스가 열린 오늘을 시작으로 캠퍼스 내에서는 각 동아리의 신입생 홍보를 시작한다. 수업 가이던스나 수강 등록 기간도 시작돼서 신입생은 엄청나게 바

빠진다고 같은 기숙사 선배가 말해주었다.

후쿠이는 당연하다는 얼굴로 코하루와 나란히 걸었다. 건성으로 대화를 주고받으면서 건물을 나오자, 벽돌 바닥 중정에 기다란 책상이 대량으로 널려 있었다. 각각의 책상에는 동아리 이름이 쓰인 깃발이 걸려 있었고, 운동부는 유니폼 차림으로 신입생들에게 일일이 말을 걸고 있다. 춤, 테니스, 야구, 농구, 배구, 자전거, 하이킹, 실내 클라이밍—운동 동아리가 많구나, 하면서 보니 경음악, 다도, 아카펠라, 요리, 라쿠고* 같은 문화 동아리도 많았다.

학교 축제를 일부분만 도려내서 모아둔 것 같은, 그런 들뜬 분위기였다. 어딘가에서 간장과 미림을 넣고 채소 조리는 냄새가 났다. 요리까지 하며 신입생을 유혹하는 단체가 있는 걸까. 어떤 곳은 기다란 책상에 휴대용 레인지를 올려놓고 꼬치를 굽는 동아리까지 있었다.

“대단하네요. 점심 먹기 전에 한번 보고 갈래요?”

중정을 둘러보던 후쿠이가 말했다. 예스도, 노도 하지 않았는데 오후부터 함께 동아리를 둘러보는 걸로 된 것 같다.

자연광 아래 갈색 머리가 한층 빛나 보여서, 오늘 아침

* 落語, 한 사람이 몸짓과 입담으로 끌어가는 일본의 전통 공연.

서툰 솜씨로 화장하고 기숙사를 나온 자신이 좀 부끄러워졌다. 아이섀도나 볼 터치도 피부에 제대로 먹지 않아서 절묘하게 촌스러울 것이다.

무엇보다 후쿠이가 거침없이 다가오는 게 역시 받아들여지지 않는다.

원만하게 거절하는 법을 찾는 사이에 후쿠이가 테니스 동아리에 걸려버렸다. "얘기만 듣고 가요." 하고 남자 선배가 어깨동무까지 하고 있다. 후쿠이도 그리 싫지는 않은 것 같았다.

"사쿠라바 씨, 일단 테니스 동아리 보고 갈래요? 재미있을 것 같은데."

이대로 그와 테니스 동아리 책상 앞에 앉아버리면 10분 뒤에는 입회할 것 같은 느낌이 들었다. 쳐본 적도 없는 테니스를 4년 동안이나 하는 건가. 테니스부 선배들은 후쿠이의 싹싹함을 세 배 응축해놓은 얼굴이다. 여학생들은 복장도, 화장도 화려해서 코하루가 멋대로 그렸던 농대의 이미지와 달랐다. 4년 동안……, 이곳에서 4년 동안의 캠퍼스 생활은……, 유감스럽게도 상상할 수가 없다.

"아, 저, 미안합니다……."

시선이 중력을 잃은 듯 여기저기로 헤맸다. 테니스 동

아리 깃발, 야구부 유니폼, 봉봉을 든 치어리더, 유도부 도복, 요리연구회의 돼지고기 육수, 입을 크게 벌리고 노래하는 아카펠라 동아리……. 없다. 현 상황을 타개할 만한 것이 어디에도 없다.

"어, 사쿠라바 씨, 안 가요?"

"이리 와봐요. 우리 동아리 재밌어요."

후쿠이와 선배의 목소리가 섞였다. 1학년 여러 명이 코하루처럼 붙잡혀서 이대로 몽땅 테니스 동아리에 들어갈 것 같은 분위기였다. 무엇보다 자기들을 보는 테니스 동아리 부원의 눈이 수확을 앞둔 생산자의 그것이었다. 얼른 수확해서 출하해야지, 하는 얼굴이다. 과연 농대답다.

어안이 벙벙한 채 "갈게요."라고 말하려는 순간, 후쿠이 등 뒤에서 배경에 잡음이 생긴 듯한 느낌이 들었다.

그의 뒤에서 사쿠라바 우이치가 쑥 얼굴을 내밀었다.

"역시 코하루였구나."

우이치는 옷깃에 '오츠키 세미나'라고 쓰인 새파란 핫피*를 입고, 손에는 작은 종이컵을 올린 쟁반을 들고 있었다. 핫피에는 흰색 술병 그림이 있다. 어쩐지 오츠키 세미나는 전에 말한 '사케를 연구하는 세미나' 같다.

* 일본의 전통 의상으로 소매통이 넓은 겉옷 상의.

우이치의 손에 든 종이컵에서 은은하게 김이 오르고 달달한 향이 났다. 코하루도 잘 아는 냄새다.

쌀누룩 냄새, 감주다.

"의외네. 코하루, 테니스 동아리 스타일이었어?"

"아냐. 우연히, 우연히 가이던스에서 같이 앉은 애랑 얘기했을 뿐……."

어색한 말투에 뭔가를 눈치챈 것일까. 우이치는 의아한 얼굴을 한 후쿠이와 테니스 동아리 학생에게 "아, 감주 마실래요?" 하고 종이컵을 건넸다. 후쿠이가 "네." 하며 얼른 받아 들고 마시는 틈에 코하루는 우이치의 핫피 소맷자락을 잡았다.

"이 사람, 아는 사람이에요. 나는 이 사람이랑 약속이 있어서, 후쿠이 씨, 다음에 봐요."

우이치의 팔을 휙 잡아당겨 테니스 동아리에서 벗어났다. 의외로 쉽게 벗어날 수 있었다. 우이치를 만난 건 예상 밖이었지만 수확 당하는 건 피했다.

많은 신입생과 그들을 노리는 상급생으로 들끓는 중정에서 인파를 헤치고 나아갔다. 어느 정도 걸어왔을 즈음에 뒤를 돌아보니 우이치가 지나가는 사람들에게 민첩한 솜씨로 감주를 돌리면서 따라오고 있었다.

"미안해, 갑자기 그래서."

중정 끝에 멈춰 서자 "자, 마지막 한 잔." 하고 우이치가 종이컵을 내밀었다. 받아 든 순간 쌀누룩 향이 코끝을 간질였다. 그는 빈 쟁반을 만족스러운 듯 머리에 올리고 "강제로 권유받았어?" 하고 입술 끝으로 쿡 웃었다.

"우리 학교 테니스 동아리는 성격과 주량이 대단한 애들이 많아서 말이야. 별로 추천하고 싶지 않아."

"추천해도 절대 들어가고 싶지 않아."

"내가 발견하길 잘했네. 난처한 얼굴을 하고 있더라고."

그런가. 얼굴에 나타났나. 너무 창피해서 감주가 든 종이컵을 내려다보았다. 후 불고는 한 모금 마셨다. 적당히 식은 감주는 혀에 스며들 듯 달콤했고 감칠맛이 입속에 포개지듯 진한 맛이 났다.

"봄인데 감주 나눠 줘?"

"우리 세미나 별명이 '사케 세미나'거든. 대부분이 미성년인 1학년 상대로 감주 정도밖에 나눠 줄 게 없어. 게다가 감주는 실은 여름의 계절어季節語야. 겨울에만 마셔야 한다는 법은 없어. 맛있지, 그거. 내가 지은 밥으로 정성껏 만들었거든."

"맛있지만 세미나는 3학년이 돼야 들어가는 거 아

냐? 우이치, 아직 2학년이잖아? 게다가 미성년이고, 생일……."

4월 12일—내일이잖아.

말하려다 관두었다. 그의 생일을 기억하는 걸 알리고 싶지 않았다.

"커리큘럼은 그렇지만 프레 세미나라고 해서 1, 2학년 때부터 얼굴을 내미는 학생도 많아. 사케 제조 방법을 연구하기도 하고, 사케를 활용한 비즈니스 모델에 관해 연구하기도 해. 물론 미성년은 사케를 마시지 못하게 하지만, 일단은."

'일단은'을 묘하게 강조하고 우이치는 걸어갔다. 머리 위에 올린 쟁반이 흔들렸지만 떨어지진 않았다.

어떻게 할까? 망설이다가 그의 뒤를 따라갔다. 어차피 온 길을 되돌아가면 또 테니스 동아리 사람들을 만난다. 코하루가 따라오는 걸 확인한 우이치는 왠지 기쁜 것 같았다. 모자를 벗듯이 머리 위의 쟁반을 내려서 겨드랑이에 끼더니 의기양양하게 걸어갔다.

"세미나도 동아리와 마찬가지로 3학년이 되면 들어오도록 1학년 중에서 확보해두려고 필사적이야."

"그래서 동아리 홍보에 섞여서 1학년에게도 권유하는

거야?"

"우리만 그런 건 아냐."

봐, 저기. 우이치가 가리킨 곳에는 치즈케이크로 1학년 신입생들을 끌어들이는 학생들이 있었다. 우이치는 거침없이 걸어가 손바닥 크기의 치즈케이크를 두 개 얻어서 돌아왔다.

그러고선 당연한 듯이 치즈케이크 한 개를 코하루에게 내밀었다. 감주와 치즈라. 같은 발효식품으로 친척 사이일지도 모르지만 과연 궁합은 좋을까.

"이 치즈케이크는 발효식품을 연구하는 세미나야. 저쪽에서 된장 맛과 간장 맛 경단을 나눠 주는 곳은 조미식품 세미나고, 병에 든 꿀을 선물하는 곳은 양봉 세미나겠지? 토양 비료 세미나는……, 아마 흙을 나눠 줄 거야. 매년 아무도 받아가지 않지만."

파리를 날리고 있는 토양 비료 세미나 앞을 지나가는데 우이치의 말대로 "가져가실래요?" 하고 한 학생이 작은 봉지에 든 흙을 건넸다. 정중히 거절했다.

"뭔가 농대란 느낌이네."

실망하고 돌아가는 토양 비료 세미나 학생을 지켜보면서 코하루는 무심결에 중얼거렸다.

"도쿄 캠퍼스에는 농원이 없어서 귀여운 편이지. 농학부가 있는 가나가와 캠퍼스는 신입생 환영회가 농사 수확제처럼 열려. 작년에 갔는데 일주일 정도 먹고사는 데 문제없었어."

"우이치, 왜 굳이 농학부 캠퍼스에……."

채소와 쌀과 고기가 갓 입학한 1학년 위를 마구 날아다니고, 그 사이로 무와 닭을 품은 우이치가 달려가는 모습을 상상하다가 푸흐흐 웃음소리가 새어 나왔다.

그런 코하루의 손에서 우이치가 빈 종이컵을 받아들었다. 치즈케이크를 먹으면서 "감주, 맛있지?" 하고 웃는 그는 농대에서의—양조학과에서의 대학 생활을 즐기는 것 같았다. 자기가 본 것은 대학 생활의 입구이자 서론이었지만 그는 조금 더 나아가서 여러 가지를 보고 있다.

"그러니까 코하루, 우리 세미나에 오지 않을래?"

우이치가 가까운 동아리 책상을 가리켰다. 음각 글씨로 '사케'라고 쓰인 초록색의 낡은 깃발이 중정을 지나가는 바람에 팔랑팔랑 흔들렸다.

"……그렇게 되는 건가."

흘끗 올려다본 우이치 역시 수확 전 밭을 둘러보는 농부의 얼굴이었다. 아니, 갓 태어난 송아지를 앞에 두고

'크게 키워서 식육용으로 출하해야지' 생각하며 의욕에 찬 소 주인 같은 얼굴이었다.

그렇게 되는 건가. 자기가 한 말이 무서울 정도로 무겁게 느껴졌다.

"코하루도 3학년이 되면 어차피 주조 세미나에 들어갈 생각이잖아? 그렇다면 1학년 때부터 즐겨."

자, 어서. 손짓하는 우이치에게서 어째서인지 봄의 연주가 떠오른다. 연한 벚꽃색 라벨에 푸른빛을 띤 유리병. 깊이 있는 맛…….

"우이치, 저 말이야……."

왼손에 우이치가 쥐여준 치즈케이크를 들고 있다는 것을 떠올렸다. 알루미늄 시트를 벗기고 입안 가득 물었다. 세 입에 다 먹기에는 아까울 정도로 고급스러운 맛의 케이크였다.

"우이치네 집에서 만드는 사케, 좋아해? 양조장 일이 즐거울 거라고 생각해?"

그러자 우이치의 얼굴이 두둥 하는 소리가 날 것 같았다. 같은 질문을 양조학과에 다니는 많은 양조장 자녀에게 던진다면 다들 같은 반응을 할까. 좋다, 싫다, 즐겁겠다, 즐겁지 않겠다 혹은 그런 것 생각한 적도 없었다는 얼굴을 할까.

"난 별로 좋아하지 않아. 아니, 사케는 맞지 않아. 양조학과에 일단 들어오긴 했지만 술 공부는 하지 않을지도 모르고. 양조장 일도 솔직히 내키지 않아."

어쩌면 사케뿐만이 아니라 맥주도, 와인도, 소주도, 위스키도. 알코올이라면 전부 맞지 않을 가능성도 있다.

"스무 살이 되면 뭐, 좀 술을 마시겠지만, 사케는 무리일 것 같아."

그건 빙 둘러서 말하는, 사쿠라바 주조를 이을 생각이 없다는 선언이었다.

부모님은 설마 코하루가 그런 식으로 생각하리라곤 상상도 해보지 않았을 것이다. 이를테면 발효식품이나 양봉이나 흙 같은, 술 만들기와 관계없는 것을 배워서 "사쿠라바 주조를 잇지 않겠습니다."라고 하면 어떤 얼굴을 할까.

우이치는 아무 말도 하지 않는 코하루를 한동안 보고 있었다. 그 눈이 서서히 커졌다. 색소가 연한 눈동자에 봄 햇살이 비쳐서 호박이나 마노 같은 광물처럼 반짝거렸다.

"코하루."

우이치가 이름을 불렀다. 뜻이 있는 사람의 눈은 이런 식으로 보석처럼 되는 걸까. 자기 눈은 지금 우이치에게 어떻게 비치고 있을까.

"나, 내일 스무 살이 돼."

"그러네."

알고 있다. 잘 알고 있다.

"양조장 자식이어서 이런저런 일로 술을 마신 적은 있지만 말이야. 정식으로 음주를 할 수 있게 된 뒤 마시는 것과는 다를 것 같아."

흰색 핫피 입은 학생들이 코하루 바로 옆을 달려갔다. 그들은 "유산균 좋아하는 1학년 없습니까!" 하고 외치면서 갱지로 만든 전단을 나눠 주며 뛰어 다녔다.

두 사람 주위는 아주 즐거운 듯한 소리로, 표정으로, 분위기로 가득 찼다. 봄이다. 4월이다. 게다가 대학이다. 우울한 것은 무엇 하나 없는 장소에서 어째서 자기들은 이런 얘기를 하고 있을까.

"유산균 세미나라……."

멀어져가는 흰색 핫피 무리를 지켜본 우이치가 불쑥 중얼거렸다. 비눗방울이 바람에 날려가는 것처럼 소리가 사라진 끝을 눈으로 좇고 싶어진다.

"코하루."

또 우이치가 이름을 불렀다.

"아저씨가 봄의 연주 주셨니? 기숙사 방에 있어?"

"있……지만."

무의식적으로 의심스러운 얼굴을 했다. 우이치는 반대로 묘하게 부드러운 미소를 지었다. 밀크티를 닮은 머리카락 색과 잘 어울리는 쿠키 같은 향이 날 것 같은 미소였다.

"그럼, 그거 갖고 오늘 밤에 만나자."

*

"도둑 같은 차림으로 왔네."

이삿짐에 섞여 있던 보자기에 봄의 연주를 싸서 들고 온 코하루를 보자마자 우이치는 배를 잡고 웃었다. "웃지 마!" 코하루가 소리를 질렀다.

가로등이 한 모퉁이만 비추는 기숙사 옥상은 생각보다 좁았다. 건물 크기에 비해 옥외로 나갈 수 있는 공간은 6평 남짓했지만, 누가 두고 갔는지 작은 탁자와 나무 의자 두 개가 놓여 있다. 우이치는 그곳에 앉아서 곧 0시가 되는데 아직도 불이 켜진 대학 실험동을 바라보고 있었다.

"하지만, 벌써 소등 시간도 지났고, 애초에 기숙사에서 미성년자가 사케 됫병 들고 돌아다니다니, 누가 봐도 아웃이잖아? 그냥 아웃이 아니라 쓰리아웃 체인지로 그대로 퇴소당할 정도 아웃이잖아?"

기숙사 들어온 지 2주. 규칙 위반으로 퇴소라니 절대 사양이다. 고요가 감도는 복도를, 계단을 어떤 기분으로 됫병을 들고 걸어왔는지 이 남자는 상상하지 못하는 걸까.

"이거, 마실 거야?"

보자기를 풀어서 봄의 연주를 탁자에 내려놓았다. 아직 개봉하지 않아서 병목을 잡은 자신의 손바닥째 어딘가로 가라앉을 것 같은 느낌이 들었다.

"이쪽도."

우이치가 빙그레 웃고는 발밑에 내려놓은 됫병을 들어 올렸다. 엿색의 묵직한 병이 툭 하고 낮은 소리를 내며 봄의 연주 옆에 놓였다. 엉겁결에 병 라벨을 만져보았다. 까슬까슬한 촉감의 흰색 라벨에 '달의 비'라고 흐르는 듯한 필체로 쓰였다. 우키치 주조의 대표 브랜드다. 냉장고에 넣어두었는지 병은 서늘하고 차가웠다.

"달의 비는 우이치네 할아버지가 봄의 연주를 베이스로 만든 거지?"

"봄의 연주는 향이 진하고 맛이 농후한 준슈醇酒인데,

달의 비는 소슈爽酒여서 향이 연하고 담백한 맛이지."

그 말에서 그가 이미 오랜 세월 달의 비 맛에 친숙하다는 것을 알았다.

"그리고 달의 비 동생 같은 것도 만들었지?"

"응. 과일 맛이 나는 달콤한 술. 해외에서는 그쪽이 인기 있나 봐. 우리 집에 양조장 견학하러 오는 외국인 관광객도 좋아하더라고."

그렇다. 우키치 주조는 여행사와 협업하여 양조장 견학 투어를 하고 있다. 술 만드는 모습을 견학하고, 시음하고, 양조장 내 매점에서 쇼핑할 수 있다. 해외에서 오는 관광객들로부터 호평을 받고 있다고 들은 적 있다.

"우이치네는 와인이랑 맥주도 만들지?"

"할아버지 때부터 그랬으니, 새로운 걸 좋아하는 핏줄인가 봐. 그게 원인이 돼서 사쿠라바 주조에서 독립하기도 했고."

"우리도 거슬러 올라가면 같은 집이었는데, 어째서 이렇게 달라진 걸까."

사쿠라바 주조에도 전에 여행사에서 양조장 견학 투어를 하지 않겠냐는 제안이 들어온 적 있었다. 그러나 아빠도, 엄마도 바로 거절했다. 봄의 연주 이외의 술을 만든 적도, 맥주나 와인 같은 사케 이외의 상품을 만든 적도 없다. 옛날부터 그저 충실하고 정직하게 봄의 연주만 꾸준히 만들고 있다. 호기심으로 이것저것 손을 대거나 하는 법이 없다. 그러면 본업인 사케 만들기에 소홀해진다는 것이 부모님의 생각이다.

"어느 쪽이 옳다, 그르다 할 얘기도 아닌데 말이야. 아빠들은 당연히 자기가 하는 것이 옳다고 믿겠지만."

실내복인지, 트레이닝복인지의 주머니를 뒤지던 우이치가 뭔가를 꺼냈다. 탁자 위에서 그것은 톡 하고 가볍게 울렸다.

잔이었다. 갓 자른 청죽으로 만들었는지 우이치가 손을 놓는 순간 죽림 속에 있는 듯 축축한 흙 기운이 풍겼다.

"스무 살 생일에 마시는 거니까 캠퍼스의 대나무를 하나 잘라서 만들었어."

우이치가 캠퍼스 쪽을 가리켰다. 불빛이 없는 캄캄한 구역이다. 그러고 보니 캠퍼스 안에 작은 대나무숲이 있었던 것 같다.

"……그렇게 막 잘라도 괜찮아?"

"남은 부분은 다음 세미나에서 나가시소멘* 먹을 때 쓸

* 반으로 자른 대나무에 물과 소면을 흘려보내면 건져 먹는 것.

거야. 해마다 칠석이나 나가시소멘 먹을 때면 맘대로 자르니까 괜찮아. 금세 쑥쑥 자라기도 하고."

말하면서 우이치는 달의 비 뚜껑을 땄다. 큼직한 됫병을 양손으로 들고 내용물을 천천히 대나무 잔에 따랐다.

달의 비는 향이 약한 줄 알았는데 신기하게 상쾌한 향이 났다. 대나무 잔 탓일까. 대나뭇잎 끝에서 반짝이는 아침 이슬을 방불케 하는, 콧속에 바람이 부는 듯한 향이었다.

"0시 지났어."

스마트폰으로 시간을 확인한 우이치가 코하루를 보았다. 자신의 스마트폰을 보니 정말로 4월 12일이 됐다. 사쿠라바 우이치가 스무 살 생일을 맞이했다.

"생일 축하해."

말하고는, 우이치의 생일을 축하하는 것이 처음이란 걸 깨달았다. 그 사실을 떨쳐버리듯이 "이제 술 마셔도 괜찮겠네." 하고 말했다.

"그런 거지."

잔에 입술을 대더니 우이치는 달의 비를 쭉 들이켰다. 혀 위에 돌을 올려놓은 듯한 알코올의 무게가 이쪽의 입속까지 전해졌다.

우이치는 빈 잔을 한동안 응시했다. 인제 와서 맛에 관해 이러니저러니 묻는 것도 촌스러운 것 같고, 코하루는 묵묵히 그의 얼굴을 보고 있었다.

"당연하지만, 맛은 변함이 없네."

잠시 후 그렇게 말하는 우이치에게 코하루는 맞장구를 쳤다.

"매끄럽고, 괜한 끼부림도 없고 상쾌하고 깔끔한 맛. 입에 넣으면 살짝 향이 코로 빠져나가지."

한 잔 더, 그는 달의 비를 잔에 따랐다. 작은 대나무 잔에 가로등 빛이 떨어진다. 달이 떨어진 것 같았다.

"우리 집에서 만드는 술의 장점과 특징을 말이나 논리로는 알고 있지만 정말로 느껴질까 생각했어. 특히 대학 들어온 후로 줄곧."

"하지만 우이치, 어차피 중학생 때부터 달의 비는 자주 마셨잖아?"

"마셨지만 미성년일 때 맛본 것이어서 결국 플라잉이고, 스무 살이 되어 마시고 느낀 것이 진짜라고 생각해."

잔을 집어 든 우이치는 고개를 끄덕거리며 웃었다. 스무 살이 된 혀가 아는 달의 비 맛을 마치 자기 몸에 새기려는 것처럼.

"맛있다."

설레는 목소리로 그는 잔을 비웠다. 탁자에 놓인 잔이 톡 하고 가볍게 울렸다. 그 소리가 묘하게 크게 울렸다.

"다행이다!"

하늘을 보며 그는 갑자기 그렇게 소리쳤다. 그러고는 어깨를 움츠린 코하루에게 싱긋 웃어 보였다.

"우키치 주조를 이어받는 것, 기대하게 됐어."

"지금까지는 기대하지 않았어?"

"그런 건 아니지만 스무 살의 결의라고나 할까?"

봄의 연주에 손을 내민 우이치는 푸른빛을 띤 됫병을 찬찬히 바라보았다. 어둠 속에서, 봄의 연주는 코하루가 잘 아는 술과는 다른 것처럼 느껴졌다.

"마셔도 돼? 코하루네 술은 마셔본 적이 없네."

고개를 끄덕이자 우이치는 봄의 연주 뚜껑을 땄다. 좁은 주둥이에서 아침이슬이 쏟아지는 것처럼 봄의 연주가 대나무 잔을 채워갔다. 오렌지색 가로등이 비쳐서 옅은 빛줄기가 생기더니, 잔 속에서 회오리가 된다. 유성군이라도 보는 기분이 들었다.

'연주'라는 말의 의미를 모른다는 사실을 깨닫고 조금 후회했다. 만약 알았더라면 이 광경을 평생 잊지 못할 정도로 선명하게 기억했을 텐데.

봄의 연주를 단숨에 비운 우이치는 한마디, "쌀이다."라고 중얼거렸다.

"사케는 쌀로 만들어졌다는 걸 알 것 같은 맛. 사케의 왕도라는 느낌. 왕도를 알 만큼 사케를 마시지 않은 나도 왕도란 걸 알겠어."

아, 그러나 봄의 연주는 도자기 잔으로 마시는 편이 분위기가 있어서 좋을지도. 달의 비는 차갑게 마시는 편이 맛있지만, 봄의 연주는 따뜻하게 마시는 편이 어울릴 것 같아. 맛이 진한 조림에도 어울리고, 치즈 같은 걸 사용한 요리와 함께 먹어도 지지 않을 것 같아.

봄의 연주 라벨을 쓰다듬으면서 즐거운 듯이 얘기하는 우이치의 이름을 참지 못하고 불렀다. 그런 식으로 술 얘기를 할 수 있는 그가 정말 부러웠다.

"나도 좀 마셔도 돼?"

대나무 잔에 손을 내밀었다. 우이치는 아무 말도 하지 않고 봄의 연주를 따라주었다. 누군가에게 술을 따라 받는 것은 태어나서 처음일지도 모른다.

"중학교 졸업식 날에 처음 마시고 그 뒤로 마신 적 없지만, 그때는 별로 맛이 없었어."

"나도 첫 음주는 그 무렵이었는데 바로 토했어. 혀가 완전히 위험물로 인식하던걸."

"그랬구나."

우이치도 그랬구나, 목 안에서 중얼거리고 잔에 입을 가져갔다. 우이치가 입을 대지 않은 쪽으로 마시려고 했지만 어두워서 잘 알 수 없었다.

우이치처럼 단숨에 마실 수는 없었다. 처음에는 핥듯이 한 모금 마셨다.

쓰다고 생각했다. 기억이 있는 묵직한 쓴맛이다. 중학교를 갓 졸업한 코하루는 이 쓴맛을 느낀 순간, 쫓아내듯이 봄의 연주를 토했다.

목 안에 힘을 주어서 뜨거운 쓴맛을 삼켰다.

숨을 들이마시자, 신기하게 달콤하고 향긋한 풍미가 났다. 어째서인지 수확을 앞둔 금빛 전원이 뇌리에 떠올랐다.

"봄의 연주는 쌀을 별로 깎지 않고 만들어. 양조 후에도 쌀 성분이 남아 있어서 깊이 있고 묵직한 맛이 나지. 같은 준마이주여도 더 정미하는 긴조주, 다이긴조주는 또 맛이 다르잖아."

"알아. 정미하는 정도에 따라 맛이 달라지지?"

언제던가, 아버지가 얘기해주었다. 쌀은 바깥쪽과 안쪽

의 풍미가 달라서 쌀알의 심지 부분만 사용한 술과 바깥쪽도 사용해서 만든 술은 맛이 달라진다.

"봄의 연주는 30퍼센트 정도만 깎는다고 아빠가 그러셨어."

한 번 더, 봄의 연주를 입에 머금었다. 입속에 남은 부드러운 풍미는 확실히 쌀이었다. 갓 정미한 따스한 쌀이 입속을 거침없이 흘러갔다.

봄의 연주가 특별히 맛있게 느껴졌는가 하면, 아니다. 역시 써서, 마신 순간 무의식적으로 미간이 찡그려졌다. 하지만 그다음에 있을 듯한 '맛있다'라는 감각의—윤곽이 희미하게 보이는 것 같았다.

더 자세히 보면 또렷이 보일까. 눈앞에 있는 육촌과 웃으면서 사케를 마시게 될까.

우이치가 그런 생각에 잠겨 있는 자신을 물끄러미 보고 있었다.

"스무 살이 되어 당당히 술을 마시게 되면 한 번 더 너희 집에서 만든 술을 마셔보는 게 어때?"

우이치는 반쯤 줄어든 잔을 코하루의 손에서 받아 들고는 깨끗이 비웠다. 낯빛이 달라지는 기색이 없는 걸로 보아 알코올에 약한 체질은 아닌 것 같다.

"봄의 연주도, 달의 비도, 다른 사케도, 맥주도, 와인도, 소주도. 좋아해야만 하는 것이 아니라 일단은 어떤 것인지 음미하는 정도로도 좋지 않을까."

"하지만 우이치, 만약에 그랬는데 사케가 좋아지지 않는다면? 양조장 일 따위 하고 싶지 않다고 생각한다면?"

"어쩌면 코하루에게 앞으로 남자 친구가 생기고, 어쩌면 그 사람과 결혼하고, 어쩌면 그 사람이 양조장 일을 하고 싶다고 할지도 모르잖아? 그리고 꼭 자식이 물려받아야 한다는 건 없어. 집안의 대가 끊어질 거라면 하고 싶어 하는 사람에게 물려주자고 아저씨랑 아주머니도 생각하실지 몰라."

그런 일은 생기지 않아. 코하루가 하려는 말을 다 안다는 듯이 우이치가 소리 내어 웃었다.

"아, 그렇게 되기 전에 내가 우키치 주조를 이어받아서 사쿠라바 주조를 삼킬지도 모르지."

아무렇지도 않아 보였을 뿐 실은 취한 걸까. 아니면 진지하게 하는 말일까. 깔깔 기분 좋게 웃는 우이치의 속을 알 수 없었다. 만약 취한 거라면 술이란 얼마나 비겁하고 뻔뻔한 존재인가. 코하루의 '나름대로 진지한 고민'을 민들레 솜털 날리듯 간단히 날려버렸다.

취해서 하는 말이건, 맨정신으로 하는 말이건 아무래도 상관없었다. 그저 '그것도 나쁘지 않네'라고 생각했다.

"집이 양조장이어서 양조 공부를 하러 대학에 들어왔기 때문에 코하루는 인생의 선택지가 없다고 생각할지 모르지만, 우리 학교는 그렇게 시시한 곳이 아냐. 코하루가 만약 사쿠라바 주조를 물려받지 않는다고 해도 '대학 생활은 즐거웠어'라고 생각할 만한 곳이야."

"정말?"

"정말이지. 1년 동안 여기서 지낸 내가 하는 말이니까 틀림없어."

우이치의 시선이 또 캠퍼스 쪽으로 향했다. 드문드문 불이 켜진 시설 안에서는 무엇을 하고 있을까. 그렇게 즐거운 일이 일어나고 있을까.

"한밤중의 일농대 탐험, 해볼래? 꽤 재미있다."

좋은 생각이 떠올랐다는 얼굴로 웃으며 우이치가 탁자에 턱을 괸다. 드디어 취기가 도나, 하고 미간을 찡그렸다.

"기숙사에서 미성년자가 음주한 데다 통금 어기고 외출까지 하면 틀림없이 퇴소당할 거야."

"괜찮아, 여기 관리인이 달의 비를 엄청나게 좋아하니까."

어지간한 일은 술을 선물하면 허락해줘, 하고 우이치는

한 손을 팔랑팔랑 흔들더니 다른 한 손에는 달의 비를 들고 일어섰다.

아, 어쩐지 정말로 갈 생각인 것 같다.

"무슨 학부 학생인지 모르겠지만 알 수 없는 실험을 해서 이따금 폭발음도 나고, 중정에서 종종 바비큐도 해. 발효식품 세미나 연구실에 몰래 들어가면 술안주에 딱 좋은 치즈도 얻을 수 있어. 요즘 같은 계절에는 대나무숲에 가면 죽순도 나 있고……. 그리고 요전에는 아무리 봐도 곰으로 보이는 것을 봤어."

엄지를 척 세우며 웃는 우이치에게 "에이, 싫어. 절대로 안 가." 하고 고개를 가로저었다. 몇 번이고 저었다.

……그랬는데 30분 뒤 도둑처럼 됫병을 들고 한밤중의 캠퍼스를 활보하고 있었다. 깨닫지 못했을 뿐 코하루도 이미 취했을지 모른다.

코하루가 앞으로 미생물 실험을 하거나 2학년이 되면 양조 실습을 할 실험동(드문드문 불이 켜져 있고 고함과 작은 폭발음이 정말로 나는), 수업을 받는 강의동(캄캄해서 전혀 재미있지 않았다), 식물원(밤중에 보니 의외로 환상적이고 예뻤다), 동아리방이 모인 구교사(낡은 건물이 밤이어서 더 음산

했고 어디선가 신음까지 들려왔다). ……캠퍼스에는 학생과 교원이 정말로 많았고, 만나는 사람마다 코하루와 우이치가 들고 있는 술병을 보고 종이컵이나 머그잔, 비커, 때로는 양손을 모아 "한 잔 줘." 하고 다가왔다. 23구에 있다고는 생각할 수 없는 광대한 캠퍼스를 걷는 동안에 술병은 거의 비었다.

그리고 코하루의 스마트폰에는 학부도, 학년도 모르는 사람들의 연락처가 대량으로 등록됐다.

입학하자마자 대체 뭘 한 거지? 다음 날 아침, 기숙사 방으로 돌아온 뒤에야 냉정을 찾을 수 있었다. 여러 사람에게 '어젯밤에는 즐거웠어!', '코하루네 술 맛있다!' 같은 메시지가 줄줄이 와 있었다.

그중에는 우이치의 것도 있었다.

'사케 세미나는 매주 목요일 1시부터야. 잘 부탁해.'

'그리고 어젯밤에 찍은 사진 보낼게.'

두 통의 메시지 다음에 됫병을 어깨에 메고 대나무 숲에 서 있는 코하루의 사진을 보냈다. 기숙사의 규정, 학칙, 윤리 따위는 모두 무시한 듯한 자신의 사진에 엉겁결에 웃음을 터트렸다. 하지만 사진 속의 자신은 뭐가 재미있는지 입을 크게 벌리고 웃고 있다. 우이치에게 자신이 이렇게 보였다면 분명 즐거웠을 것이다.

창을 열었다. 밤을 새운 눈에 아침 해가 따끔따끔 눈부시게 스며들었다. 그러나 캠퍼스에서 불어오는 바람은 서늘하여 기분이 좋았다.

코하루는 술병 바닥에 남은 봄의 연주를 잔에 부었다. 아침 햇살을 받아 하얗게 빛나는 봄의 연주를 꿀꺽 마셨다.

쓴맛과 알코올의 무게에 무의식적으로 미간에 힘이 들어갔다. 하지만 봄의 연주는 어젯밤보다 훨씬 가볍게 코하루 속으로 들어갔다. 크게 심호흡을 하고 나니 아침 공기 너머로 황금빛 들판이 보였다.

식당'자츠雜'

하라다 히카

하라다 히카

1970년 가나가와현에서 태어났다. 2006년 《리틀 프린세스 2호》로 NHK 창작 라디오 드라마 대상 수상, 2007년 《시작되지 않는 티타임》으로 스바루 문학상을 받으며 데뷔했다. 주요 저서로는 《도쿄 론더링》, 《DRY》, 《우선 이것부터 먹고》, 《76세 기리코의 범죄일기》, 《산징야 샌드위치 여자》, 《낮술》 등이 있다.

*

"삼겹살이랑 무가 있다면 뭘 만들 거야?"

눈앞에 앉아 있는 다바타 아야가 말했다.

"지금 냉장고에 그것밖에 없거든. 사야카, 요리 잘하잖아. 생각 좀 해봐."

"삼겹살은 덩어리? 썬 것?"

미카미 사야카는 고개를 갸웃거리면서 물었다.

"얇게 썬 것. 어제 아스파라거스 고기말이를 만들었거든. 무는 엊그제 생선구이 할 때 갈아서 곁들이고 남은 게 있어. 오늘 아침 된장국에도 넣었는데, 아직 반쯤 남아서."

물으면서 아야는 "역시 가는 길에 슈퍼에 들러야 하나." 하고 중얼거렸다. 그러고는 스마트폰으로 요리 레시피 앱을 열더니 '삼겹살, 무'를 입력해서 검색까지 했다. 사람한테 물어놓고 실례 아냐, 사야카는 기분이 나빠졌다.

"있다, 있다."

아야가 스마트폰을 내밀어, 사야카는 씁쓸하게 웃으면서 들여다보았다.

이렇게 배려가 부족한 면은 있지만 아야는 중학교 시절

부터 친구다. 친한 사이여서 할 수 있는 무심한 행동일 수도 있다.

스마트폰 화면에는 십자 모양으로 썬 무와 한입 크기로 썬 삼겹살을 매콤달콤하게 푹 조린 사진이 있었다. 반짝반짝 윤기 나는 고기는 너무 달아 보였다. 아마 설탕, 간장, 미림이 3큰술씩 들어갔을 것이다.

맛이 진할 것 같다. 자연스럽게 고개가 돌아갔다.

"이런 것도 괜찮지만……."

사야카는 아야가 자신의 혐오감을 눈치채지 못하도록 조심하며 스마트폰을 슬며시 돌려주었다.

"요즘 같으면 국물 요리가 좋지 않을까."

"국물 요리?"

"돼지고기를 한입 크기로 썰어서 일단 뜨거운 물에 데쳐. 그 물은 버리고……."

"오잉, 버려? 그게 제일 맛있는 육수가 나오지 않아?"

"괜찮아. 삼겹살은 감칠맛으로 꽉 차서 그 정도로 없어지지 않아. 오히려 기름을 제거하는 편이 담백해서 좋지. 데친 삼겹살을 다시 냄비에 넣고 새로 물을 부어서 뭉근히 끓이는 거야. 2인분에 물 320밀리미터 정도. 무는 급할 때는 십자썰기, 시간이 있으면 2센티미터 폭으로 4등

분 해서 속까지 부드러워지도록 약한 불에 푹 끓여. 마지막에 소금을 반 작은 술 넣으면 완성.”

“반 작은 술? 겨우 그것만?”

사야카는 무심결에 빙그레 웃었다. 그 부분을 물어주길 바랐다.

“응. 그 정도만 간을 해도 되는 점이 마음에 들었어. 영양가 있는 국물을 먹으면 아, 맛있어, 행복해, 하게 돼.”

그러나 눈앞의 아야는 ‘아, 행복해’하고는 거리가 먼 떨떠름한 얼굴을 하고 있다.

“해볼게.”

입으로는 그렇게 말하면서 메모도 하지 않고 스마트폰을 탁 닫았다.

아야와 헤어진 뒤 사야카는 슈퍼에 들렀다가 집에 돌아왔다. 카트를 밀다가 친구가 오늘 저녁에 먹는다고 한 무에 시선이 가서 한 개 담았다. 그러나 집에 돌아가도 혼자다. 무 한 개를 다 먹을 수 있으려나.

애초에 혼자 먹을 장을 보면서 카트를 끌 필요가 없었다. 바구니만으로 충분한데 예전 습관대로 무심코 끌고 말았다.

전에는……, 카트를 밀면서 생각했다. 아침, 점심 도시락, 저녁, 하루에 세 번 요리했다. 2인 가족이었지만 남편 켄타로는 키 180센티미터에 근육질의 다부진 체형이어서 먹는 양이 엄청났다. 대량의 장보기가 필요했다.

하지만 지금은 그런 양이 필요 없다.

그렇다고 카트에 담은 무를 매장에 돌려놓는 것도 내키지 않았다.

사야카는 조금 결벽증이 있어서 사람들이 조물조물 만진 것은 사고 싶지 않았다. 그렇다면 자기가 만진 것을 남이 사게 하는 것도 에티켓 위반이라고 생각했다.

정신을 차리고 보니 어느새 돼지고기를 사고 있었다. 삼겹살은 아무래도 지방이 많아서 안심으로 샀다.

집에 도착해서도 바로 저녁 준비할 마음은 들지 않았다. 아야와 함께 케이크 세트를 먹은 데다 혼자 먹으려고 밥을 하기도 귀찮았다.

소파에 앉아 있으니 절로 깊은 한숨이 나왔다.

결국 아야에게 얘기하지 못했다…….

"할 얘기가 있어." 하고 불러낸 건 자기 쪽이었는데 아야는 줄곧 회사 푸념, 시어머니 푸념으로 사야카가 고백할 틈을 주지 않았다. 마지막에 아야가 "아, 참! 사야카, 뭔가

할 얘기 있다고 하지 않았니?"라며 생각난 듯이 말했지만, 순간 "괜찮아, 다음에 얘기할게." 하고 말았다.

아야가 나쁜 건 아니다. 다만 아직 모든 걸 얘기할 용기가 없었다. 게다가 푸념이긴 해도 아야가 즐거워하며 얘기하는 걸 들으니 마음의 위로가 되기도 했다. 그래도 말하면 좋았을걸, 후회했다.

아야는 "다케루 밥하러 가야겠네. 귀찮아." 하면서도 서둘러 돌아갔다. 아야는 무엇을 만들까. 말은 그렇게 했지만 결국 설탕 듬뿍 들어간 돼지고기와 무조림을 했을까. 오늘은 토요일이니 아야의 남편은 집에 있을까. 돌아온 아야를 반기며 "자, 밥 먹자." 하고 식탁에 앉을까.

이쪽은 주말에도 외톨이다.

남편 미카미 켄타로가 집을 나간 뒤부터.

일주일에 두세 번 그곳에 가서 밥 먹고 술 마시는 게 유일한 즐거움이야. 피로가 풀리고 마음이 편해져.

몇 번을 떠올려도 굴욕으로 몸이 뜨거워진다.

"내 즐거움을 뺏지 말아줘, 부탁이야."

마지막에 그렇게 말하고 눈앞에서 자신을 능멸한 켄타로를 용서할 수 없었다.

아니, 용서할 수 없다기보다 믿을 수 없었다.

동네 누추한 식당에서 이따금 한잔하는 것이 성인 남자의 즐거움이라니. 그리고 그 정도로 자기 요리를 싫어했다니. 늘 맛있게 먹었으면서.

얼마 전부터 그는 회사에서 신제품 특별팀에 합류해서 몹시 바쁘기도 했고 정신적으로 힘든 상황이었다. 그 점은 사야카도 알고 있었다.

그의 말로는 처음에는 퇴근할 때 편의점에서 산 추하이*를 마셨다고 한다. 알코올 도수가 9퍼센트로 종종 인터넷에서도 문제가 되는 센 술이다.

"처음에는 편의점에서 사서 걸어오며 마시다가, 오는 길에 있는 놀이터에 앉아서 마시기도 하고. 그러지 않으면 피로가 풀리지 않았어. 기분 전환이 되지 않았어."

처치 곤란한 알루미늄 깡통은 놀이터 구석에 살짝 두고 돌아왔다고 한다.

사야카는 자기도 모르게 얼굴을 찡그렸다.

"쓰레기를 아무 데나 버리는 건 에티켓이 없는 거야. 공원에서 마시는 자체가 꼴불견이고. 사 와서 집에서 마시면 되잖아."

* 소주에 탄산수를 탄 음료.

"그렇지만 그런 얼굴을 할 거잖아?"

황급히 표정을 풀었다.

"게다가 당신은 밥 먹을 때 술 마시는 거 싫어하잖아."

"밥은 밥대로 먹어주길 바라니까. 나는 열심히 만들었으니까. 밥 먹고 나서 견과류나 치즈로 가볍게 술 마시면 되잖아?"

"……그런 게 아니라고."

켄타로는 포기한 듯이 한숨을 쉬었다.

얼마 후 놀이터에 '빈 깡통을 버리지 마세요. 이곳에서 술을 마시지 마세요'라는 벽보가 붙어서, 그는 유일한 즐거움마저 빼앗겼다.

어느 날 사야카가 대학 동창과 약속이 있던 날, 공원에서 추하이를 금지당한 그는 집 근처 식당 '자츠雜'에 들렀다. 그곳에서 밥을 먹고 술을 마신 뒤부터 그는 그 가게의 노예가 된 것 같았다.

그 후로 귀가가 늦어졌다. "저녁은 필요 없어. 회의하면서 회사 사람들과 먹을 거니까." "회식이 있어서." "거래처 접대가 있어서." 그러면서 집에서 저녁을 먹지 않는 일이 잦아졌다.

켄타로는 조금씩 살이 쪘다. 그때만 해도 사람들을 자

주 만나니 스트레스를 받는 건가 생각했다.

하지만 "일 때문에" 하고 늦었던 것은 대부분 식당 자츠에서 술을 마시고 와서였다.

"술을 마시고 싶으면 마시면 되잖아. 집에서. 어째서 그런 거짓말까지 하며 밖에서 마시는 거야? 무엇보다 나한테 거짓말한 걸 용서할 수 없어."

사야카는 켄타로에게 말했다. 마음 한편으로 그만한 이유로 남편의 귀가가 늦어졌다는 걸 믿을 수 없었다. 남편은 또 다른 거짓말을 하는 게 아닐까. 예를 들면 여자가 생겼다거나.

"당신은 모를 거야."

사야카의 기분을 아는지 모르는지, 켄타로가 말했다.

"무슨 뜻이야?"

"당신은 스트레스 받는 일을 별로 해보지 않았잖아. 게다가 언제나 깨끗하고 바르고 아름답고 싶은 사람이잖아. 내 마음을 하나도 모른다고."

남편의 말이 너무 실례여서 숨을 쉴 수 없었다. 자기를 그런 식으로 생각했다니.

"미안, 말이 지나쳤어."

사야카의 안색이 달라진 걸 보고 그는 바로 사과했다.

"나는 그저 밥 먹으면서 유유히 술을 마시고 싶을 뿐이야. 안주나 반찬, 밥을 먹고 술로 넘기고 싶다고……."

상관없어, 하려고 했는데 그럴 틈을 주지 않고 켄타로의 말이 포개졌다.

"봐, 역시. 너는 천박해, 그런 가정환경에서 자라서, 하는 얼굴을 하고 있잖아."

"멋대로 단정하지 마……."

사실은 그렇게 생각하고 있었다. 반찬과 밥을 입에 넣고 그걸 술로 넘긴다? 상상만 해도 소름이 끼친다.

"더 이상 못 참겠어. 같이 사는 사람한테 이렇게 멸시당하는 건."

그렇게 말하고 켄타로는 나갔다. 자기 것만 쓴 이혼 신고서를 내놓고.

그가 떠난 뒤 시험 삼아 스트롱 제로*를 마셔보았다. 약품 냄새에 화학적인 맛이 났다. 마지막에는 기분 나쁜 쓴맛까지 나서 도저히 마실 수가 없었다. 반쯤 마시고 나머지는 싱크대에 버렸다.

그런데 빈 깡통을 버리려는 순간, 갑자기 머릿속이 빙글빙글 돌았다. 맛은 주스 같은데 어찌나 센지. 이런 걸로

* 산토리에서 나오는 추하이 제품으로 도수가 9도다.

켄타로는 일의 피로를 '달래고' 있었던가, 생각하자마자 소파에 쓰러져 곯아떨어졌다.

자츠는 역에서 곧장 이어진 상점가 한복판에 있는 단독 식당이다. 그러나 프랑스 요리점 같은 세련된 단독 레스토랑과는 전혀 다르다. 목조 지붕은 찌부러져서 비스듬하고 벽은 언젠가 화재를 당했나 싶을 만큼 진한 갈색이다. 거의 무너져가고 있다.

가게 미닫이문 위에 '雜(자츠)'라고 한 글자가 쓰여 있다.

아야와 얘기한 다음 날인 일요일, 점심때가 지나 쇼핑하고 오는 길에 그 가게 앞에 섰다. 문은 닫혀 있지만 유리문으로 가게 안에 빼곡히 종이에 적힌 메뉴가 붙어 있는 것이 보였다.

카운터 석과 테이블 석이 세 개, 약간 높은 좌식 탁자가 두 개 있다. 지금은 테이블에 두 남자가 앉아 있는 게 보인다.

사야카는 혼자 외식하는 일이 좀처럼 없다. 하물며 이런 허름한 식당에……. 하지만 그때 안에서 색깔 있는 캇포기*를 입은 키가 작은 초로의 여성이 나오는 게 보였다.

* 일본의 전통 앞치마로 소매가 있다.

저이가 주인일까.

여성이 하는 가게구나, 생각하니 들어갈 수 있을 것 같았다.

드르륵, 미닫이문을 열었다.

"어서 오세요."

이렇게까지 의욕 없는 목소리를 낼 수 있나 싶을 정도로 힘없는 목소리로 말했다.

"저기, 괜찮나요?"

"네."

그는 귀찮은 듯이 턱으로 카운터 석을 가리켰다.

입구 옆에 낡은 발매기가 있었다. 버튼 부분에 '고기 정식', '생선 정식', '야채볶음 정식', '카레', '가스 카레', '오늘의 요리'라고 손 글씨로 쓰여 있다. 가격은 정식이 600엔, 카레가 450엔……. 하나같이 싸다.

가방에서 지갑을 꺼냈다.

"아, 그거 고장 났어요."

또 주인의 생기 없는 목소리가 들려왔다.

"네?"

"지금 고장 났으니까 직접 주문해요."

"아, 네."

사야카는 카운터에 앉았다.

"난 이 가게에 멀쩡한 걸 본 적이 없네."

테이블에 앉아 있던 남자 한 사람이 주인에게 말했다. 두 사람 다 연한 녹색 작업복을 입고 있다. 단골인 모양이다.

"뭐라고?"

행주를 쥔 채 주인이 대꾸했다.

"이 가게에서 멀쩡한 걸 본 적이 없다고요. 맨날 뭔가 고장이 나 있잖아. 요전에는 에어컨이 고장 났고, 그전에는 냉장고가 말썽이었고, 미닫이문이 잘 열리지 않을 때도 있고."

"가게도, 나도 다 낡았어."

그는 60대쯤일까, 사야카는 추측했다. 키는 140센티미터대이고 옆으로 폭이 넓다. 자루 같은 체형이다. 연한 보라색이 들어간 커다란 안경을 끼고 목에 안경 줄을 걸었다. 때때로 가까운 곳을 볼 때 벗는 것 같다.

역시 이 여자가 켄타로와 뭔가 있었을 리는 없다고 생각했다. 그렇다면 달리 가게에 여자가 있는 건가. 아니면 손님인가…….

"저기, 이 고기 정식은 어떤?"

큰마음 먹고 물어보았다.

"오늘은 돼지고기 생강구이."

"생선은요?"

"붉은 살 생선 데리야키."

"오늘 정식은?"

"꽁치."

"……어떻게 할까나."

혼잣말하면서 가게 안을 둘러보았다.

발매기에 쓰여 있는 것 외에도 '닭고기 데리야키', '닭튀김', '크로켓', '고기두부', '히야얏코',* '나물무침', '생선조림', '생선구이', '니쿠자가',** '치쿠젠니',*** '오믈렛', '아지타마',**** '햄에그', '스파게티 샐러드' 등이 적힌 메뉴 종이가 붙어 있다.

"그러면 돼지고기 생강구이 정식이랑 나물무침하고 니쿠자가 주세요."

"정식에 히야얏코나 나물무침을 고를 수 있는데."

"아, 그럼 그쪽을 나물무침으로 주세요."

"그럼 돼지고기 생강구이 정식에 나물무침, 니쿠자가

* 두부를 차게 해서 간장과 양념을 끼얹어서 먹는 요리.

** 고기감자조림.

*** 닭고기와 뿌리채소를 넣고 조린 요리.

**** 소스에 절인 삶은 달걀.

추가요."

"네."

"술이나 음료는 냉장고에 있으니 직접 갖다 먹어요. 가격은 냉장고에 붙어 있으니까."

가게 끝에 좁고 긴 냉장 케이스가 있고, 병맥주를 비롯한 음료가 빼곡하게 차 있었다.

"우롱차 있어요?"

그러자 주인은 어딘가 화난 듯이 "있지만 보리차라면 그냥 줘요. 냉장고에 있는 건 하이볼용 우롱차니까."라고 했다.

"그러면 보리차로."

말한 대로 그는 차가운 보리차를 잔으로 갖다주었다. 그때 발견했지만, 그는 다리를 조금 끌고 있었다.

"조 씨, 오믈렛 추가!"

테이블의 아저씨가 말했다.

"오케이."

사야카는 카운터 안으로 들어가서 음식을 준비하는 주인의 손길을 무심히 보았다.

얇게 썬 돼지고기를 꺼내서 프라이팬에 볶더니, 가스레인지 옆에 둔 커다란 페트병에 든 검은 액체를 콸콸 부었다. 그리고 자기 뒤에 있는 냉장고를 열어 생강을 꺼내 강판에 갈아서 프라이팬에 넣었다. 강판을 프라이팬 가장자리에 탁탁 쳐서 마지막 남은 생강도 털어 넣었다. 가게 안에 탁탁하는 소리가 울렸다. 매콤달콤한 냄새가 확 퍼졌다.

그는 커다란 흰색 접시를 꺼내 네모난 쟁반에 놓았다. 냉장고에서 꺼낸 채 썬 양배추와 스파게티 샐러드, 반짝반짝 윤기 나는 고기를 올렸다. 쟁반 빈 곳에 된장국과 밥, 나물을 접시에 담아서 배치했다.

—이 가게는 감자샐러드가 아니라 스파게티 샐러드를 곁들이는 건가.

"여기요."

그가 카운터 너머로 사야카에게 쟁반을 내밀었다. 얼른 두 손으로 받아들었다. 이번에는 커다란 적동색 냄비에 있는 니쿠자가를 공기에 떴다.

"아, 너무 많이 떴네. 뭐, 할 수 없지."

혼잣말을 하더니 "여기요." 하고 카운터 너머로 건넸다.

"잘 먹겠습니다."

사야카의 인사에 대답은 하지 않고 그는 곧장 프라이팬에 다진 고기를 넣었다. 아마 오믈렛을 만들 것이다. 사야카는 젓가락을 들고 한 번 더 "잘 먹겠습니다." 하고 조그맣게 중얼거렸다.

된장국부터 마시고 젓가락 끝을 적셨다. 내용물은 파래뿐 달리 아무것도 들어 있지 않다. 그런데 육수가 잘 빠졌는지 상당히 맛있다. 간이 딱 맞다.

밥을 한 입 먹었다. 약간 고들하다. 씹으니 단맛이 나는 좋은 쌀이다.

"여자여서 공기에 줬어요."

무시하고 있는 줄 알았더니, 이쪽을 보고 있었던 것 같다.

"보통은 사발에 주는데 말이지. 더 먹고 싶으면 말해요."

"감사합니다."

주인은 양파를 썰고 있다. 과연 솜씨가 좋다. 마치 크림빵 같은 포동포동한 손안에서 잘게 다진 양파가 잇따라 나온다.

색이 조금 바뀐 다짐육을 나무 주걱으로 한 번 휘릭 뒤집더니, 도마 위의 다진 양파를 집어넣었다. 그것들을 으깨듯이 볶아서 양파가 투명해지자 다시 페트병을 들어 검은 액체를 좌악 뿌렸다.

—대체 저건 뭘까. 간장색이니 간장이 든 건 확실한데. 솜씨가 좋고 불필요한 동작이 없어. 손 움직임이 예뻐. 신기하게 사람을 끌어들이는 손이야.

멍하니 보고 있다가 음식이 식는다는 생각에 돼지고기 생강구이를 젓가락으로 집어서 덥석 먹었다.

읍.

깜짝이야.

달다.

검디검은 고기가 설탕 덩어리처럼 달다. 과자처럼 달다. 그러나 뱉을 수는 없으니까 간신히 삼켰다. 황급히 밥을 입에 넣었다.

니쿠자가 쪽도 한 입 먹어보았다. 역시 달다. 그러나 이쪽은 감자 속까지 맛이 배지 않았고, 어느 정도 단맛인지 알고 있어서 그렇게 충격은 없었다.

카운터 안의 주인은 볼에 달걀을 세 개 깨서 긴 젓가락으로 재빨리 저었다. 시판 소금과 후추를 조금 뿌리더니 내용물을 다른 프라이팬에 부었다.

달걀 물이 익어가자 긴 젓가락으로 빙글빙글 섞고는 옆 프라이팬의 다짐육과 양파 볶은 것을 국자로 떠서 넣었다. 프라이팬을 흔들어서 모양 좋게 다듬어 접시에 올리고 채 썬 양배추를 곁들여서 우스터 소스와 함께 손님 자리에 갖고 갔다.

"이게 참 맛있더라고."

주문한 남자가 기뻐하는 소리가 울렸다.

곁눈으로 보자니 남자는 오믈렛에 소스를 쭉쭉 짜서 크게 한 입 넣고 맥주를 마셨다.

"아, 이 맛이야, 이 맛."

그 소리를 들으면서 별나게 단 돼지고기 생강구이를 간신히 삼키고, 된장국과 밥을 다 먹었다. 참고로 나물무침도 달았다.

다만 스파게티 샐러드가 절묘하여 지금까지 먹어본 적 없는 맛이었다. 양식이라고도, 일식이라고도 할 수 없는 맛이 났다.

—저 검은 액체가 뭔지 모르겠지만 하여튼 단 것임은 틀림없어.

다 먹고 나자 사야카는 바로 계산하고 가게를 나왔다. 돼지고기 생강구이 정식과 니쿠자가 가격은 1,000엔이 조금 넘었다.

의외라고 생각할지 모르겠지만, 사야카는 술을 싫어하

지 않는다. 아니, 오히려 좋아하는 편일지도 모르고 술에 관한 지식도 조금은 있다.

사야카의 아버지는 결혼 전에 일로 영국에 유학한 적도 있어서 위스키, 특히 아일라 몰트라고 불리는 싱글 몰트를 좋아했다. 엄마 쪽은 별로 술을 마시지 않는다.

그래서 본가에서는 먼저 제대로 식사한 뒤에 아버지가 좋아하는 바카라 잔에 라프로익 등의 위스키를 따라서 스트레이트나 록으로 천천히 즐기곤 했다.

실제로 스모키향이 나는 아일라 몰트는 음식에는 별로 어울리지 않는다. 그렇다고 절대 있어 보이는 척하거나 점잔빼는 가정이었던 건 아니라고 사야카는 생각한다. 아버지는 늘 사야카나 엄마가 텔레비전을 보는 옆에서 조용히 술을 마셨다. 싱글벙글 웃으면서. 취하거나 하는 일 없는 좋은 술버릇이었다.

스무 살이 되자 사야카도 아버지에게 대충의 지식을 배워서 아일라 몰트를 마시게 됐다. 흔히 '약 냄새가 난다' 또는 '특유의 맛이 있다'라고 하기 쉬운 술이지만, 찬찬히 향을 즐기면서 마시기에는 좋은 술이다.

그래서 사야카는 사케나 와인 같은 양조주보다 위스키나 소주 등의 증류주를 좋아하고, 가능하면 어느 정도 좋은 술을 음미하고 싶은 마음이 강하다. 최근에는 사케도 좋아하기 시작했지만 되도록 주조 이름이 확실한 특색 있는 술을 즐기려고 한다.

그런 환경에 오래 있어서 그런지 사야카는 밥을 우적우적 먹으면서 술을 마시는 것이 싫다……랄까, 도저히 받아들이기 어려웠다. 입안에서 술이 음식물의 풍미를 다 섞어버리는 느낌을 좋아하지 않는다.

대학생이 되어 술자리에 가서 무한 리필이 가능한 3,000엔 정도의 코스 요리를 먹을 때는 큰 충격을 받았다. 왁자지껄 시끄럽고, 술도 음식도 소중하게 생각하지 않고, 마구 어질러놓는 것을 봤을 때는 마음이 아팠다. 연신 술과 음식이 나오고, 흉하게 취하는 모습이 속출했다. 밥을 먹으면서 술을 마시는 동급생이나 선배가 천박하다고 생각했다.

졸업하고 IT 관련 기업에 취직한 뒤로도 상황은 별로 달라지지 않았다. 사야카는 참석자가 많은 회식에는 나가지 않기로 했다.

하지만 남들 앞에서 그런 태도를 보인 적은 없었고 얼굴을 찌푸리거나 하지도 않았다. 지극히 자연스러운 태도로 있었다. 다만 즐겁지 않았다.

그래서 자기 집에서만은 그런 짓을 하고 싶지 않았다. 술을 마시려면 일단 제대로 밥을 먹은 뒤에 좋은 술을 조금만 즐기면 된다. 정성껏 음식을 만들어주는 사람에게 실례이지 않은가.

식사 중에 술로 밀어 넣어야 하는 요리라면 맛이 너무 진한 게 아닐까. 육수를 잘 내서 최소한의 염분으로 간을 맞춘 요리라면 그것만으로 충분히 맛있을 터다. 그리고 자기는 제대로 요리한다는 자부심도 있었다.

켄타로와는 아야가 초대한 술자리, 이른바 소개팅으로 만났다.

처음에 그의 집에 가서 요리를 만들었을 때 일이다.

"맥주라도 딸까?"

사야카가 만든 바지락 파스타와 시저 샐러드를 보면서 그가 말했다.

"……그러면 조금만 마실까."

"또, 또."

사야카가 길게 끌면서 한 말을 농담이라고 생각한 듯 켄타로는 500밀리리터 캔맥주를 꺼내 잔 두 개에 좌락 따랐다.

사야카는 거의 입을 대지 않았고 켄타로는 남은 맥주를

직접 따라서 전부 마셨지만, 서로 개의치는 않았다.

사귄 지 1개월째에는 서로에게 푹 빠져 있었고 밥을 먹은 뒤에 일어날 일에만 신경이 쏠려 있었다. 건성으로 식사하고, 그의 침대에서 처음으로 관계를 가졌다.

더 나중에 안 것이지만, 그전에 둘이 이탈리아 음식을 먹을 때 식사 중에는 별로 술을 마시지 않던 사야카가 식후에 커피와 같이 그라파를 주문했다. 이것을 보고 켄타로는 사야카가 상당한 '애주가'라고 믿은 것 같다. 반년쯤 뒤에 결혼하여 함께 살면서 비로소 사야카가 식사 중 술 마시는 것을 좋아하지 않는다는 걸 알게 된 듯했다.

하지만 사야카는 그게 그렇게 문제가 되리라고는 생각하지 않았다. 그가 집을 나갈 때까지는.

부모에게도 친구에게도 아직 켄타로가 집을 나갔고 이혼하고 싶어 한다는 말을 하지 못했다.

남편은 정말로 그 가게의 요리를 좋아하는 걸까. 아니면 그 가게에 있는 다른 뭔가에 이유가 있는 걸까.

출퇴근길에, 휴일 쇼핑 길에, 사야카는 가게 앞을 지나면서 생각했다. 가게는 여전히 찌그러져 있고 누리끼리하다. 한번 가게에 들어간 뒤로는 그 외관의 진한 갈색이 간장에 물든 게 아닐까 하는 생각조차 들었다.

물론 이론적으로는 있을 수 없지만, 매일매일 대량의 간장을 사용하다 보니 안에서부터 슬금슬금 물들어간 게 아닐까 상상했다.

아무에게도 상담하지 못한 채, 켄타로와의 별거는 사야카의 생활을 점점 조여왔다.

먼저 돈이 부족해졌다.

원래 사야카는 요코하마의 본가 근처, 미나토미라이에 있는 회사에 정사원으로 근무했다. 결혼을 계기로 남편이 사는 이노카시라선 역의 맨션으로 이사했더니 통근이 한 시간 이상 걸렸다. 아침 출근 때는 더 걸렸다. 자택은 역에서 10분 이상 걸어서 돌아오는 길에는 녹초가 됐다.

남편과 의논하여 회사를 그만두고 파견회사에 등록했다. 바로 시부야의 IT 기업을 소개받았다. 부모는 "기껏 정사원이 됐는데 아깝게."라며 조금 반대했지만 별로 아깝지 않았다. 새로운 생활이 시작되는 때였고, 자기 시간도 갖고 싶다고 생각하던 참이었다.

결혼 후에는 주 4일 근무를 했다. 수입은 월 12만 엔 정도 줄었지만 집안일도 할 수 있고 사회와도 연결돼 있어서 몹시 마음에 들었다.

남편은 집을 나간 뒤 처음에는 월세 9만 엔을 꼬박꼬박 넣었다. 하지만 지난달부터는 반밖에 보내지 않았다. 아직 그의 짐이 집에 있으니 '보관료'로 보내는지도 모른다.

—어쨌든 이제 무리야. 헤어지고 싶어.

마지막으로 그에게 온 메일 속 문장을 떠올렸다.

켄타로는 지금 회사 근처의 위클리 맨션을 얻어서 생활하는 것 같다. 사야카를 피 마르게 해서 이곳에서 쫓아낼 작전인지도 모른다.

독신 시절에 본가에서 직장을 다녀서 100만 엔 정도의 저축이 있었지만, 결혼하면서 가구며 주방용품 등을 사느라 이제 반밖에 남지 않았다. 월세와 생활비로 헐어 쓰다 보면 순식간에 없어질 것이다.

파견회사에 연락해서 가능하면 주 4일이 아니라 상근으로 일하고 싶다고 부탁해보았다. 지금 회사에서는 무리라고 하면서 다른 회사도 당장은 찾을 수 없다고 했다. 일단 상근할 수 있는 회사를 희망한다고 하고 전화를 끊었다.

한숨이 나왔다.

만약 이 집을 나가야 한다면 어떻게 해야 좋을까.

부모나 친구에게도 얘기할 수밖에 없겠지……. 생활고보다 그런 쪽이 마음에 걸렸다.

그때 벽보를 발견했다.

'식당 자츠雜 점원 급모집. 시급 1,000엔. 수습 기간은 900엔. 식사 제공.'

가게 입구 옆에 붓펜으로 간단히 쓴 종이가 붙어 있었다. 글씨 한 자 한 자에 빨간색으로 두 겹씩 동그라미를 했다.

회사가 쉬는 수요일, 사야카는 장을 보고 돌아오다 벽보를 발견하고 멈춰 섰다.

일석이조. 그림으로 그린 듯한 일석이조의 상황이라고 생각했다.

이 가게에서 남편이 여자를 만나 바람을 피운 거라면 여기서 조사할 수 있다. 게다가 돈도 벌 수 있다. 도쿄도가 정한 최저 임금에는 조금 부족하지만 뭐, 그건 됐다고 치자. 이 나이가 되어 새로운 일, 그것도 육체노동을 시작하는 건 좀 힘들지도 모른다. 하지만 해볼 가치는 있다.

큰마음 먹고 미닫이를 열었다.

주인이 가게 한복판 테이블에 앉아서 턱을 괴고 이쪽을 보고 있었다.

"어서 와요."

여전히 목소리에 생기가 없다.

"저기."

주인은 아무 대답도 없이 이쪽을 물끄러미 보기만 했다.

"밖에 붙은 벽보 봤는데요……. 저기, 사람 뽑으셨어요?"

"아니."

뺨에 손을 짚은 채 고개를 저었다.

"제가……, 일할 수 없을까요?"

그때야 알았는지 "아." 하고 소리를 냈다.

"죄송합니다. 저기, 지금 막 본 참이라 이력서는 갖고 오지 못했습니다만."

"……그건 나중에라도 되지만, 이런 데서 일해본 적 있어요?"

그는 자기 앞자리를 가리켰다. 거기 앉아, 하는 걸로 생각하고 앉았다.

"학생 시절에 카페에서 아르바이트한 적 있어요. 음식 서빙도 했었어요."

"흐음."

사야카의 얼굴을 빤히 보았다.

"요리는 할 줄 알고?"

"음, 기본적인 요리는."

"그러면 일단 싱크대 안에 있는 설거지 먼저 해볼래요?"

주인이 말했다. 가까이에 앉아서 깨달았지만, 얘기할 때마다 쌕쌕하는 거친 숨소리가 들렸다.

"아, 네."

사야카는 바로 일어나서 카운터로 들어가 싱크대 앞의 커다랗고 딱딱한 스펀지를 들었다. "거기 앞치마 있어요." 하는 소리가 들렸다. 냉장고 손잡이 쪽에 앞치마를 찔러 넣듯이 걸어놓았다. 조금 더럽다.

누가 썼는지 모르는 앞치마가 찜찜하긴 했지만 옷이 젖는 것보다 낫다고 생각했다. 주뼛주뼛 목에 걸고 설거지를 시작했다.

설거짓거리가 산더미처럼 쌓여 있었다. 하지만 대부분 접시가 핥은 듯이 깨끗해서 그리 힘들지는 않았다. 게다가 딱딱한 스펀지가 사용하기 편했다.

"다 했어요."

그 말을 듣고 주인은 쌕쌕거리면서 자리에서 일어나 카운터 안으로 들어왔다. 역시 다리를 끌고 있었다. 사야카가 씻어놓은 접시를 들여다 보았다.

"이거, 닦아서 넣을까요."

"그냥 둬도 돼. 이리 와봐요."

그는 또 테이블에 앉아서 자기 앞자리를 가리켰다.

"어디 살아요?"

"이웃이에요. 걸어서 10분 정도 걸리는 곳입니다."

"언제부터 올 수 있어요?"

"아, 깜박했네요. 저는 월화목금은 회사에 가서 7시쯤 지나야 돌아온답니다. 수요일과 토요일과 일요일은 종일 비어 있습니다만, 그래도 괜찮을까요."

"그걸로 돼."

"그것이라면 어느 것인지요."

"수, 토, 일에 일단 와주면 돼요. 11시부터 15시와 17시부터 폐점까지로 할까. 아, 괜찮다면 오늘 밤부터 와도 좋겠는데."

"알겠습니다. 저기, 저는 무슨 일을 하나요. 설거지 같은 건가요?"

"설거지, 음식 나르기, 요리도 도와주고. 이 식당 일, 전부. 발매기가 고장 났는데 그게 부품이 없어서 수리를 못 한대요. 나도 허리를 다친 데다. 그걸로 됐지?"

얼른 끄덕였다.

"그럼 이따 봐요. 5시에 와요."

사야카가 일어서자 그도 "읏차." 하면서 일어섰다.

"저기, 점장님이라고 부르면 될까요?"

"난 점장이 아냐."

"엇, 그러세요?"

"다들 '조'*라고 불러."

"'조'요? 왜 코끼리로?"

키가 작고 살집이 있다. 아기 코끼리처럼 보이기도 한다.

하지만 그는 얼굴을 찡그렸다.

"어쨌든 조야."

"그러면 앞으로 잘 부탁합니다……, 조 씨."

그걸로 됐어, 하듯 그는 끄덕거렸다.

자츠의 일은 처음부터 당황스러웠다.

조라고 불리는 여자는 사야카를 옆에 세운 채 밑 준비를 시작했다.

카운터 안의 주방은 바닥이 미끌미끌했다.

이곳을 청소하고 싶다고 생각하면서 사야카는 갖고 온 앞치마를 했다. 주방에 있는, 누가 썼는지 모를 앞치마는

* 像, 일본어로 코끼리라는 뜻.

하고 싶지 않았다. 데님 앞치마를 보고도 조 씨는 아무 말도 하지 않았다.

둘이 감자 껍질을 깎아서 니쿠자가를 만들었다. 조 씨에 따르면 밤에 가장 인기 있는 메뉴 같다. 조리는 데 시간이 걸리니까 제일 먼저 만든다고 한다.

얇게 썬 수입 소고기 안심을 커다란 알루미늄 냄비에 볶고, 썰어둔 감자도 볶아서 찰박찰박하게 물을 부었다.

그리고 그는 갑자기 왼손을 내밀며 말했다.

"간장."

수술 중 의사가 간호사에게 "메스." 하며 손을 내미는 것처럼 느껴졌다.

사야카는 주방을 둘러보다 손잡이가 달린 거대한 간장병을 발견하고 얼른 내밀었다. 그렇게 큰 간장병은 처음 보았다.

조 씨는 잠자코 손에 들더니 뚜껑을 열고 냄비에 들이붓다가 손을 멈추었다.

"이거 아냐."

"어, 그거 간장인데요."

으음, 신음하더니 사야카에게 다시 돌려주었다. 그러고는 주위를 둘러보고 조리대에 놓여 있는 같은 크기의 병을 휙 들었다.

"이거."

"어머, 하지만 '스키야키 소스'라고 쓰여 있는데요."

놀라서 소리를 지르는 사야카를 찌릿 노려보더니 병 안의 내용물을 콸콸 냄비에 부었다.

"으아앗."

엉겁결에 소리가 나올 만큼 대량으로.

니쿠자가가 완성되자, 그는 커다란 접시에 수북하게 담아서 랩을 씌워 카운터에 올렸다.

"식으면서 맛이 배니까 괜찮아. 시간이 조미료야."

그는 사야카가 묻지도 않았는데 가르쳐주었다.

그다음 참마를 삶고, 시금치 무침, 닭고기 데리야키, 우엉과 당근과 어묵을 넣고 조린 킨피라, 스파게티 샐러드, 전갱이 난반즈케,* 오이와 미역 초무침 등을 척척 만들어갔다.

그래서 알게 된 것이지만, 이 가게 요리는 대부분 조 씨가 '간장'이라고 부르는 '스키야키 소스'로 간을 했다. '멘츠유** 3배 희석용'이나 (보통) 간장 등도 있었지만 그는

* 튀긴 생선에 초절임 간장을 끼얹어 먹는 요리.

** 메밀국수용 맛간장.

전부 '간장'이라고 불렀다.

대부분은 스키야키 소스로, 비율은 소스, 멘츠유, 간장이 7 대 2 대 1 정도일까. 난반즈케나 초무침조차도 스키야키 소스에 식초를 섞어서 만들었다.

스파게티 샐러드만은 예외로 오이와 당근, 양파 등을 썰어서 가볍게 소금을 뿌려 수분을 뺀 뒤, 삶은 스파게티를 넣어서 간장과 참기름으로 간을 했다. 양식이라고도, 일식이라고도 할 수 없는 그 맛의 정체는 참기름과 간장이었나, 사야카는 속으로 감탄했다.

요컨대 앞으로 이 가게에서 일하게 되면 사야카는 모든 요리에 어느 '간장'이 사용되는지 기억했다가, 외과 의사처럼 "간장!" 하고 외치는 조 씨의 손에 건네야 한다. 그걸 틀리면 차갑게 "틀렸어."라고 말하며 노려보겠지.

조림이나 밑반찬이 완성됐을 즈음 손님이 드문드문 들어왔다. 조 씨는 석쇠를 꺼내서 쉴 틈 없이 고등어자반을 구웠다. 그것도 커다란 접시에 쌓아 올렸다. 오늘 밤 생선 메뉴 같았다.

손님들은 점심때와 마찬가지로 정식을 주문할 때도 있고, 단품으로 주문하는 손님도 있었다. 술은 7할 정도의 손님이 주문하고, 손님의 90퍼센트는 남자였다. 여자가

와도 대체로 조 씨와 비슷한 연령대다.

사야카가 주문을 받고 완성된 음식을 나르고, 조 씨가 카운터 안에서 미리 만들어두지 못하는 메뉴를 만들었다.

이렇게까지 여자 손님이 없다면 바람의 가능성은 없는 걸까……. 아니, 반대로 여성 손님이 오면 바로 알겠네. 이런 생각들을 하면서 서빙을 했다. 손님이 없을 때는 설거지를 했다. 이따금 "어, 새로운 사람 왔네" 하고 말을 거는 손님도 있었지만, 대부분은 사야카에게 흥미 없이 음식에 달려들었다.

8시가 지나자 단품을 주문하고 술 마시는 손님들이 늘었다. 식당에서 선술집으로 바뀐 느낌이었다.

"밥, 먹을래?"

조 씨가 말을 걸어주었다.

"아, 그래도 돼요?"

"'식사 제공'이라고 했잖아. 먹고 싶으면 만들어줄게. 지금 좀 한가하니까."

"고맙습니다!"

집을 나오기 전에 간식으로 과자 하나 먹고 왔다. 서서 하는 일은 예상외로 힘들어서 배가 너무 고팠다.

"밥하고 된장국은 직접 퍼. 싫어하는 것 있어?"

조 씨의 말에 쟁반에 흰밥과 된장국을 준비했다.

그는 평평한 접시를 꺼내서 반찬을 대충 담았다. 손을 보고, 그날 남은 것을 담는 것 같았다.

"왜?"

사야카의 시선을 느끼고 그가 이쪽을 바라봤다.

"아, 저기……, 저는 스파게티 샐러드를 좀 먹고 싶은데요……."

그러자 그는 냉장고를 열고 큰 플라스틱 용기에 든 그것을 숟가락으로 푹 떴다.

"감사합니다!"

"당신, 의외로 뻔뻔하네."

"전에 왔을 때 너무 맛있어서요."

흥, 하고 콧방귀를 뀌었지만 그리 나쁜 기분은 아닌지 슬쩍 웃었다.

"잘 먹겠습니다!"

카운터 끝에 앉아서 먹었다.

밥, 파와 두부가 들어간 된장국, 고등어자반, 조림, 스파게티 샐러드, 난반즈케 등이 조금씩.

피곤해서인지 요전에 왔을 때만큼 너무 달다는 생각이 들지 않았다. 그래도 설탕 범벅 같은 조림은 별로 맛있지 않았다. 마지막 한 개를 억지로 먹어치웠다.

몇 주일이 흐르자 사야카도 단골들과 얘기를 나누게 됐다. 손님들은 사야카를 '사야카 씨'라고 불렀다.

"저기……, 조 씨는 왜 '조 씨'예요?"

사야카가 이렇게 물어본 사람은 이웃에 사는 70대 할아버지 다카츠 씨다. 자츠에는 일주일에 여러 번 온다. 낮일 때도 있고 밤일 때도 있다. 밤에는 항상 따뜻한 사케를 한 잔 시켜서 핥듯이 아껴 마셨다. 점퍼에 슬랙스 차림이지만 늘 청결하고 흰머리도 짧게 깎았다.

사야카에게도 말을 걸곤 했지만 치근덕거리지는 않는다. 몇몇 단골 할아버지 중에서 사야카가 가장 마음에 들어 하는 사람이다.

조금 늦은 점심시간이어서 조 씨는 장을 보러 갔다. 가게에는 사야카와 다카츠 씨밖에 없었다.

"그건 사랑이지."

"사랑이요?"

네엣? 얼떨결에 소리가 커졌다.

"쉿." 하고 다카츠 씨는 입술에 손가락을 댔다.

"내가 얘기한 건 조 씨한테 비밀이야."

"네."

"이 가게 원래 이름은 말이야, '조시키雜色'였어."

"조시키?"

"맞아. 희한한 이름이지. 원래 조시키라는 사람이 이 가게를 했거든. 나보다 열 살 정도 많았지. 옛날에는 닛카쓰 영화사에서 카메라맨을 했던 사람인데, 사냥도 하고 아주 멋있는 사람이었어. 그런 일을 했으니 무슨 일에나 순수했지. 하지만 닛카쓰가 핑크 영화를 찍기 시작하며 스태프들이 실망하며 많이 그만뒀는데, 그때 조시키 씨도 퇴직한 것 같아."

"핑크 영화……."

"사야카 씨처럼 젊은 사람은 몰라. 로맨포르노라는, 뭐 그런 거. 지금은 어덜트 포르노라고 하나? 그런 걸 닛카쓰가 찍은 적이 있어."

"어머나아아아."

"그래서 닛카쓰를 그만두고 이 가게를 시작했대. 옛날에는 친분이 있는 배우들도 오곤 한 것 같아."

"멋지네요."

"그때 일을 도우러 온 사람이 조 씨였어. 50년 가까이 된 얘기지. 조시키 씨는 40대였고 아직 20대 핏덩어리였지."

"그럼 혹시 조시키 씨와 조 씨가?"

"아냐, 그건 아냐. 조시키 씨에게는 아내가 있었으니까."

"앗, 불륜?"

"그러니까 아니라고. 부인은 아이들 보느라 힘들었고, 조 씨는 먼 친척 아가씨여서 도와주러 왔던 것뿐이야."

"사귄 건 아니군요."

"그런 시대가 아냐. 깨끗한 관계야. 이 가게에서 같이 일했을 뿐. 하지만 호흡은 찰떡같이 잘 맞았지. 부인은 쉰 살쯤에 세상을 떠나서 말이야. 우린 분명히 둘이 재혼할 줄 알았어. 근데 안 하대. 마지막에는 이 가게 위층에서 조시키 씨가 와병 생활을 해서, 조 씨가 가게 일을 하며 그 사람도 돌봤지. 조시키 씨가 세상을 떠난 뒤로 조 씨가 이 가게를 이어받은 거야."

"우와."

"그래서 최초의 조 씨는 주인이었던 '조시키 씨'. 지금의 조 씨는 조시키 씨가 죽은 다음에 저절로 2대째 조 씨로 불리게 된 거야. 하지만 그렇게 부르도록 내버려 두는 건 조 씨도 내심 싫지 않았던 것 아닐까."

"싫어하지 않는다는 말씀이세요?"

"좀 기쁘겠지. 순수하잖아. 마지막까지 부인은 되지 못했지만, '조 씨'라고 불리는 것만으로 만족하니 얼마나 로맨틱해."

"조(코끼리)라고 불리는 게요? 그럴까요."

사야카는 잘 모르겠다. 코끼리라고 부르는 줄 착각했을 정도니까.

"그러면 이 가게 이름이 원래는 '조시키雜色'였던 거네요."

"응. 색色 자는 오래돼서 떨어졌어."

"그러면 식당 '자츠雜'가 아니라 '조'인 거네요."

"뭐, 그렇지. 하지만 다들 '자츠', '자츠' 하다 보니 어느새 '자츠'가 됐어. 다베로그라고 하나? 그 사이트에도 '자츠'로 올라와 있으니, 이제 조 씨도 포기한 것 같아."

"흐음. 뭐, 조보다 자츠가 나으려나."

"실제로 잡스러운 가게고."

아하하하하, 하고 두 사람이 웃고 있을 때 당사자인 조 씨가 돌아와서 얼른 입을 다물었다.

어느 토요일, 사야카가 오전 10시에 가게에 갔더니 드물게 조 씨가 통화를 하고 있었다.

"어, 그래. 오늘 만들 건데, 자기도 오고 싶을까 해서.

아, 바쁘면 괜찮아. 그래, 그럼 기다릴게."

만면에 미소를 띠었다고 할 정도는 아니지만 그는 흐뭇하게 웃으면서 전화를 끊었다.

"뭐예요?"

그런 표정을 본 적이 없어서 사야카는 무심결에 물었다.

"뭐예요, 라니. 뭐가?"

진지하게 되물으니 말문이 막힌다.

"아뇨……. 뭔가 만든다고 하시길래 뭘 만드나 하고."

사실은 전화 상대를 묻고 싶었지만 두 번째로 묻고 싶은 걸 물었다.

조 씨는 "다 알아." 하는 듯한 얼굴로 흥, 하고 콧방귀를 뀌며 "오늘은 크로켓을 만들 거야."라고 했다.

"어머, 수제 크로켓이요?"

"응."

'자츠'에서 평소 나오는 크로켓은 냉동식품 크로켓이었다. 조 씨가 식자재 가게에서 대량으로 사 온 것이다. 그래도 식용유에 돼지기름을 반 섞어서 튀기니까 집에서 먹는 것과는 다른 맛을 내서, 그건 그것대로 맛있다. 주문하는 사람도 많다.

"수제는 자주 만들기 힘들죠."

"손이 많이 가니까. 뭐, 한 달에 한 번 정도려나."

조 씨는 이미 큰 냄비에 감자를 씻어서 넣고 삶고 있었다. 다 삶은 뒤에는 여열에 두고 그동안 다른 음식과 곁들임 반찬을 만들었다. 사야카는 계속 양배추 썰기를 하고 있다.

조 씨는 다짐육과 다진 양파를 볶아서 그것도 식혔다.

"오늘은 고기와 생선 정식 없어요?"

"수제 크로켓 하는 날에 다른 걸 먹는 사람은 없어. 뭐, 고등어가 있으니 조림이라도 해둘까. 별난 인간이 찾을지도 모르고, 밤에도 쓸 테니까."

반찬이 대충 완성됐을 즈음에 감자 준비가 다 됐다.

둘이 같이 감자 껍질을 깎고, 그걸 으깨서 볶은 다짐육을 섞었다. 타원형으로 모양을 만들어서 바트에 늘어놓자, 조 씨가 커다란 플라스틱 용기를 세 개 꺼내 와서 밀가루, 달걀 물, 빵가루를 각각 담았다.

"자, 얼마 안 남았네. 얼른 해치우자!"

조 씨는 자신에게 기합을 넣듯이 말했다.

타원형 감자에 밀가루와 달걀을 묻히는 것까지는 사야카가 하고, 빵가루를 뿌려서 가지런히 나열하는 것은 조 씨가 담당했다. 조 씨는 체크까지 하며 가루나 달걀이 조금이라도 떨어진 부분을 발견하면 "봐, 이런 데서 구멍이 나, 다시." 하고 사야카에게 도로 들이밀었다.

힘들었지만 12시가 되기 직전, 바트에 타원형 크로켓 90개가 나란히 놓였다. 보기만 해도 장관이었다.

"둘이 하니 빠르네."

조 씨는 손을 씻으면서 무심히 말했다.

지금까지 거의 칭찬도 해주지 않고 고맙다는 말도 해주지 않는 그였기에 처음 하는 '고맙다'로 들렸다.

조 씨는 신문에 낀 전단 뒷면에 붓펜으로 '금일, 수제 크로켓'이라고 썼다. 특이한 투는 있지만 의외로 달필이었다. 빨간색 펜으로 글자마다 동그라미를 두 개씩 하는 것도 잊지 않았다.

"이거, 밖에 붙여둬."

사야카가 가게 미닫이문에 붙이고 있는데, 상점가 카페에서 아르바이트하는 젊은 남자가 지나가다 "어, 오늘 크로켓이에요?" 하고 물었다.

"네."

"와, 신난다. 저 이따 갈 테니까 좀 남겨 두세요."

"알겠어요."

그때 문득 깨달았다. 자기가 처음에 본 '점원 모집' 종이가 없어졌다는 것을.

조 씨는 이제 사야카 외에는 뽑지 않기로 한 건가.

"기다릴게요!"

그의 뒷모습에 대고 말했다. 자기가 생각했던 것보다 큰 소리가 나와서 좀 창피했다.

그때부터는 노도 같은 크로켓 러시로, 조 씨의 말대로 어지간히 '별난 사람' 외에는 다들 가게에 들어오자마자 "크로켓 정식!", "수제 크로켓 하나!" 하는 외침이 계속됐다.

사야카는 접시에 양배추와 스파게티 샐러드를 담고, 조 씨는 튀김 냄비에 붙어 서서 크로켓을 계속 튀겼다.

토요일이어서 맥주를 마시는 사람도 많았다. 정식이 아니라 크로켓 단품과 맥주를 시켜서 즐겁게 마셨다.

저런 거라면 나도 할 수 있을지 몰라……. 사야카는 쟁반을 나르면서 그런 생각이 들었다. 밥을 먹으면서 술을 마시는 건 아직 저항이 있지만, 슈슈 소리를 내는 크로켓을 입 안 가득 넣고 맥주를 쭉 마시는 상상을 하니……, 나쁘지 않을 것 같았다.

오후 2시 반에 마지막 점심 주문이 끝나자 조 씨는 "자네도 먹을래?" 하고 말했다. 손님이 없어진 테이블을 닦고 있던 사야카는 "네!" 하고 대답했다.

양배추와 스파게티 샐러드, 밥과 된장국을 푸는 동안 크로켓이 다 튀겨졌다.

"자!"

조 씨가 긴 젓가락으로 크로켓을 세 개 올려주었다.

언제나처럼 카운터석 끝에 앉아서 먹었다.

반찬과 된장국을 먹는 것도 잊고, 제일 먼저 크로켓을 젓가락으로 잘라서 입으로 가져갔다. 바삭하는 좋은 소리가 났다.

"맛있어!"

절로 소리가 나왔다.

"가게 사람이 그렇게 큰 소리로 말하다니, 더 이상의 광고가 없네."

오늘은 크로켓 정식으로 맥주를 마시던 다카츠 씨가 웃었다.

"그렇지만 정말로 맛있는걸요. 수제 크로켓은 맛이 특별하네요."

"수제 크로켓, 오랜만이네. 그렇지? 조 씨."

다카츠 씨가 조 씨에게 말을 걸었다.

"역시 사야카 씨가 와서인가."

설거지를 하던 조 씨는 손을 멈추고 "뭐, 그렇지."라고 했다.

"그럼 우리는 사야카 씨한테 감사해야겠네."

그는 사야카 쪽을 보고 아하하하, 하고 웃었다.

크로켓에는 여러 가지 맛이 있다고 사야카는 생각했다. 자츠에서 평소에 나오는 냉동 크로켓, 그건 그것대로 맛있다. 그리고 흔한 양식집에서 나오는 게살 크림 크로켓이나 프렌치에 가까운 크로켓, 그것도 맛있다.

하지만 진짜 수제 크로켓에는 여기밖에 없는 맛이 있다. 옷이 얇고, 젓가락으로 찢으면 그 아래에는 부드러운 감자와 약간 스파이시한 고기. 입에 넣으면 살짝 젖내 같은 향이 나면서 호로록 녹는다.

"이 고기, 뭘로 향을 낸 거예요? 후추만 넣은 건 아닌 것 같아요."

사야카도 카운터 안을 향해 말을 걸었다.

"못 봤어? 나츠메그*야."

"아, 그거구나. 어쩐지 향이 고급스럽다고 생각했어요."

그대로 먹어도 매우 맛있고 소스를 뿌리면 반찬으로도 최고였다. 언제나 이런 요리를 하면 좋을 텐데. 과감히 크로켓 전문점을 한다면 손님이 더 오지 않을까. 저 다디단

* 넛맥. 육두구라고도 부른다.

요리는 그만두거나 조금만 하고. 그러면 더 세련돼 보여서 나 같은 사람도 올 텐데.

……역시 마실 수 있을 것 같다. 아니, 마시고 싶다.

사야카는 살면서 거의 처음으로 그런 생각을 했다. 이 크로켓 정식을 먹으면서 맥주를 마셔보고 싶다고.

점심시간은 3시까지다. 앞으로 10분 정도.

"저어, 조 씨, 괜찮을까요……? 저도 맥."

그렇게 말을 걸 때였다.

"아직 하세요?"

미닫이문이 드르륵 열리고 그 여자가 들어왔다.

예쁜 사람이라는 것이 그 여자의 첫인상이었다. 아마 누가 봐도 그랬을 것이다.

그러나 그 이상으로 눈에 들어오는 것은 가냘픔이었다. 평범하게 마른 사람이 아니라 전체적으로 한 치수가 작다. 속눈썹이 한 가닥, 한 가닥, 하늘을 향해 자란 것처럼 길고 마치 가짜처럼 예쁘게 컬이 되었다. 피부에는 모공 하나 보이지 않는다. 그런데 화장을 했는지도 모를 정도로 투명감이 있다.

"연락해주셔서 고마워요. 얼마나 기뻤는지, 촬영하는

내내 계속 싱글벙글거리고 있어서 사람들이 놀려댔을 정도예요."

그는 자연스럽게 제일 구석 테이블에 앉았다. 검은 배낭은 맞은편 자리에 두었다. 흰색 셔츠에 검은색 롱스커트. 모든 것이 평범한데 어딘가 세련됐다.

"기요 씨가 좋아한다고 해서 연락했어. 귀찮게 했나."

"아뇨. 정말로 고마워요."

"정식으로 줄까?"

"맥주도 같이요."

조 씨가 냉장 케이스에 가지러 가려고 하는 것을 "아뇨, 제가 꺼낼게요." 하고 그는 가볍게 일어섰다.

이제 라스트 오더인데……. 사야카는 속으로 생각하며 자리에서 일어나 카운터에 들어갔다.

"자네는 그만 됐어."

조 씨가 낮은 소리로 말했다.

"네?"

"기요 씨뿐이니까 나 혼자서 할 수 있다고."

"하지만."

"괜찮아."

카운터 밖에서는 다카츠 씨와 기요 씨가 얘기를 나누고

있다.

"오랜만이네."

"네. 요즘 좀 바빠서."

"요전에 텔레비전에서 봤어. 잉카 제국 취재 다녀왔지."

"아, 그거, 보셨군요. 기뻐라."

사야카는 고개를 쭉 뽑고 그쪽으로 시선을 보냈다.

"저 사람, 누구예요?"

조 씨의 귓가에 대고 물었다.

"……사쿠라바 기요코, 몰라?"

"이름을 들은 적 있는 것 같기도 하고."

그러다 이내 모델을 하다가 탤런트인가 리포터가 된 사람이지, 하고 깨달았다.

"시간 다 됐네. 밥 먹고 정리하고 가면 돼, 정말로."

조 씨가 또 재촉했다. 배려해주는 것인지도 모르겠지만 마치 그 사람이 와서 쫓아내는 듯한 기분이 들었다. 혹은 유명인이 와서 구경하려 하는 성가신 점원을 쫓아내고 싶은지도 모른다.

사야카는 느릿느릿 카운터에서 나와 자리에 앉아 남은 정식을 먹었다. 크로켓은 이미 식어가고 있었다.

"기요 씨가 오지 않으니까 이 가게 남자들이 요즘 힘이 없어. 손님이 줄어들 정도야. 다들 기요 씨가 오면 들뜨곤 했는데."

다카츠 씨도 드물게 가벼운 농담을 했다. 전에는 "사야카 씨가 온 뒤로 가게가 밝아졌어."라고 했으면서.

그런 것보다 그의 말에 걸리는 부분이 있어서 밥 먹다가 얼굴을 들고 말았다.

"말도 안 돼요."

"다카츠 씨도 적당히 좀 해. 기요 씨 피곤하니까."

조 씨가 사이에 끼어들었다. 그가 손님을 나무라는 일은 거의 없다. 평소에는 손님 일에 전혀 관여하지 않는데.

그때 깨달았다.

조 씨가 다카츠 씨에게 주의를 주면서 아주 잠깐, 자기 쪽을 본 것을. 힐끗 본 것이었지만 분명히 눈이 마주쳤다.

그 눈 속에 '걱정'의 빛이 보인 것은 지나친 예민함일까.

귀가하는 도중에 스마트폰으로 기요에 관해 검색했다.

사쿠라바 기요코, 27세.

역시 생각했던 대로 십 대 때는 잡지 모델을 하다 대학 졸업 후 방송계로 들어갔다.

해외에서 공부해서 영어도 잘하고, 지금은 탤런트와 해외 촬영 리포터, 맛집 탐방 리포터 등 하는 일이 많다. 하지만 직업은 '탤런트, 배우'로 되어 있다. 실제로 몇 번 드라마 단역으로 나온 것 같다.

젊은 시절에 찍은 수영복 그라비아도 떴다. 너무 말랐지만 새하얗고 투명한 몸이다. 무심결에 반했다.

그러나 신기한 것은 그런 사진에서는 "좀 예쁘네. 하지만 흔한 탤런트야." 할 정도로밖에 보이지 않았다는 것이다. 실제로 봤을 때의 초인적인 아름다움은 화면으로 전달되지 않았다.

연예인은 대단하구나, 새삼 생각했다.

몇 개의 인터뷰 기사도 있었다.

"혼자 식당에도 잘 가요. 맛있는 요리에 시원하게 맥주를 마시면 살아 있구나, 하는 생각에 피로가 풀려요."

미인이지만 싹싹하고 친근한 성격이 장점 같다.

갑자기 자동차 클랙슨이 가까이에서 들려 고개를 들자, 경차가 아슬아슬하게 눈앞에서 달려갔다.

"우와앗."

지나치게 기사에 집중하다 차에 치일 뻔했다.

스마트폰을 가방에 넣었다. 그래도 읽은 기사가 머릿속에 떠올랐다.

—혹시 그 사람이 켄타로와?

아냐, 켄타로가 그런 예쁜 연예인과 엮이는 일은 있을 리 없다.

하지만 문득 떠올렸다. 켄타로가 집을 나가기 몇 달 전부터 갑자기 해외 정보 프로그램을 보던 것을. 그것도 녹화해서 사야카가 잠든 뒤 밤중에 혼자 몰래 보았다. 사야카는 흥미가 없어서 별로 신경 쓰지 않았지만.

―설마.

물론 켄타로 같은 평범한 남자가 그런 사람과 사귄다는 걸 생각할 수 없지만, 거기서 만나 혼자 짝사랑을 했다, 정도는 가능하지 않을까.

사야카는 심야에 자택 주방에 섰다.

방은 어둡지만 그곳만은 불이 환하게 켜졌다.

켄타로가 나간 뒤로 이렇게 진지하게 요리하는 것은 오랜만이었다. 머릿속을 빙빙 돌아다니는 불쾌한 상상을 뿌리치듯이 눈앞의 작업에 집중했다.

법랑 냄비에 간장, 미림, 술, 설탕을 넣고 끓였다. 끓을 때 다랑어포를 듬뿍 넣고 잠시후에 불을 껐다.

정성껏 걸러서 맛을 보았다.

여전히 달다.

하지만 자츠에서 쓰는 스키야키 소스보다는 나을 터다.

간장은 킨부에 간장,* 미림은 미카와 미림,** 설탕은 와산봉***을 사용했다. 술도 그대로 마셔도 맛있는 것이다. 육수도 잘 뺐다.

간장과 미림은 양이 같지만 설탕은 과감하게 반으로 줄여보았다. 그것만으로도 충분히 달고, 육수가 들어가서 단맛이 적어도 맛있게 먹을 수 있을 터다. 좋은 재료를 사용해서 설탕이 없어도 만족스러운 맛을 낼 것이다.

—아직 달지만 여기서 조금씩 설탕을 줄이다 보면 마지막에는 간장과 미림만 넣어도 될 정도로 줄일 수 있을지 모른다.

사야카는 수제 스키야키 소스를 만들어서 자츠의 조 씨와 단골손님들이 '설탕을 줄이게' 할 생각이다. 그들의 건강을 위해서도 절대로 그편이 좋다.

몇 번이고 맛을 보았다.

* 창업 200년 된 킨부에 간장은 전통적인 기법으로 간장을 제조하여 고유의 맛을 고수하고 있다.

** 3대째 오로지 미림만 만들어온 유명 상점으로 국산 찹쌀과 수제 누룩, 직접 제조한 소주를 이용하여 미림을 만든다.

*** 가가와현과 도쿠시마현에서 전통적으로 생산되는 설탕. 화과자 등에 쓰인다.

마지막에야 "이걸로 됐어." 하고 빙그레 웃었다.

"뭐야, 이거."

사야카에게 건네받은 병을 든 채 조 씨는 얼굴을 찡그렸다.

"아, 어제 한번 만들어봤어요. 어, 혼자 살아서 조미료 같은 게 남아서요. 조금이라도 도움이 됐으면 해서."

조 씨는 병뚜껑을 열더니 내용물의 냄새를 맡았다.

"저기, 평소에 사용하는 간장……. 뭐, 원래는 스키야키 소스지만 그것 대신 쓰면 어떨까 해서요."

조 씨는 수저를 사용해 한 숟가락 정도 입에 넣었다.

한숨을 깊이 쉬었다.

"아, 문득 생각이 나서요. 괜찮으시면 써보기만 하면 어떨까 하고……."

조 씨의 표정을 보면서 사야카는 점점 목소리가 작아졌다.

"얼마?"

"네?"

"얼마냐고, 이거."

"아, 그러니까 남은 걸로……."

"싸지 않지? 엄선한 재료를 사용했다는 것쯤은 나도 알아. 이래 봬도 요리하는 사람이야. 얼마야."

"그러니까요, 집에 있던 걸 사용한 것뿐이어서 정말로 괜찮아요."

거짓말이었다. 조미료는 시부야 백화점에서 사 온 것이다. 미림은 됫병으로 샀다. 고급 사케나 소주와 비슷한 가격이었다.

조 씨는 쳇 하고 혀를 차며 뚜껑을 닫았다.

"……무슨 일 있어?"

"네?"

"왜 그래. 무슨 일 있었어? 요즘 줄곧 이상해."

"그런가요?"

"그래, 일주일쯤 전부터……."

크로켓을 만든 날이다.

"별나게 들떴다가, 갑자기 축 늘어졌다가."

"저는 깨닫지 못했는데. 죄송합니다."

"우리 집은 동네 식당이야. 그냥 밥집. 손님은 우리 집에 와서 밥을 먹고 술을 마시고 돌아가."

"네."

"그런데 말이야. 가게 점원이 마음 갈피를 못 잡으면 손님도 안정이 되지 않겠지? 알겠어? 별로 특별한 걸 요구하는 게 아니야. 손님들은 그저 밥을 먹고 돌아갈 뿐이야. 별 세 개짜리 레스토랑 같은 접객도, 술집 같은 애교도 필요 없어. 하지만 손님한테 방해가 되면 안 돼."

"……."

"무슨 일 있었어? 말해봐."

그렇게까지 말하니 털어놓고 싶은 기분이 들었다. 조 씨는 이제껏 접객에 관해 사야카에게 주문한 적이 없었다.

"저도 모르겠지만……, 아마도 사쿠라바 씨가."

"뭐어어? 기요가?"

"그 사람이 온 뒤로 좀 생각이 많아져서."

"자네가 뭘 생각할 게 있어. 그 사람은 연예인이고 처음 만난 사람이잖아?"

거기서 사야카는 고백했다.

슬슬 누군가가 들어주길 바랐을 즈음이었다. 가족에게도, 친구에게도 얘기하지 않았었다.

"제 남편은 미카미 켄타로라고 해요."

"그런가."

"이 가게에 자주 왔어요. 아세요?"

"알 리가 있나. 이름도 묻지 않는데. 영수증을 끊지 않으면……."

사야카는 스마트폰을 꺼내서 켄타로의 사진을 보여 주었다. 조 씨는 안경을 끼고 자세히 보았다.

"아, 왔을지도 모르겠네……."

"그 정도인가요? 저, 혹시 조 씨가 제가 이 사람 아내란 걸 눈치채고 있지 않을까 생각했어요."

"모르지, 모르지."

조 씨는 얼굴 앞에서 손을 크게 저었다.

"그렇게 손님에게 집중하지 않아. 바쁘기도 하고."

"그러세요……. 그래서 남편은요……."

남편이 집을 나간 것, 이 가게에 온 것, 그저 밥과 함께 술을 마시고 싶었던 거라고 말했지만 도저히 믿을 수 없었다는 것, 아마 이 가게에서 여자를 만나 연애를 한 게 아닐까 의심한 것, 그 상대가 혹시 사쿠라바 기요가 아닐까 하고…….

"기요?"

"네."

"당신 남편의 상대라고? 아하하하하하."

조 씨는 폭소를 터트렸다. 이렇게까지 웃는 얼굴은 처음이었다.

"자네, 말도 안 되는 소릴 하네."

"하지만 달리 생각할 수가 없어요. 게다가 조 씨도 제 쪽을 흘끗 봤잖아요. 그 사람이 왔을 때."

사야카는 다카츠 씨가 기요코가 왔을 때 이 가게 남자들이 들떴다고 얘기할 때의 일을 설명했다.

"내가 봤나? 전혀 기억나지 않아."

조 씨는 고개를 갸웃거렸다.

"그래서 저는 분명히 조 씨가 제가 켄타로의 아내란 걸 알고, 기요코 씨와의 관계도 알고 있다고 봤어요."

"나는 점쟁이가 아냐."

"하지만 점원 표정에도 예리하시고, 오는 손님 전부를 안다고 하시지 않았어요."

"어쨌든 그건 자네 착각이야. 그리고 솔직히 말해서 자네 남편, 그럭저럭 괜찮은 사람이긴 하지만 기요 상대는 아냐. 레벨이 달라. 자네, 남편이 그 정도로 인기 있는 사람이라고 생각하는 거야? 옛말에 마누라가 질투할 만큼 남편은 인기가 없다는 말도 있잖아."

"몰라요. 처음 들었어요."

"어쨌든 그런 말이 있어……. 기요는 착한 아이야. 그런 짓을 할 리 없어."

조 씨는 기요코가 이 가게에 오게 된 이유를 들려주었다.

"전에 텔레비전에서 취재를 온 적이 있어."

"네에? 이 가게에요? 설마."

사야카는 놀라서 소리를 지르다 째려보아서 사과했다.

"죄송해요."

"……어쨌든 취재는 했지만, 방송은 되지 않았어……. 그때 굳이 사과하러 와준 사람이 리포터였던 기요야. 자기 잘못도 아닌데."

"음. 좋은 사람이네요."

"어쨌든 물어볼 수밖에 없잖아."

"뭘요?"

"그런 건 말이야, 본인한테 물어볼 수밖에 없어. 직접 남편한테 물어서 얘기를 들을 수밖에 없잖아?"

"네……. 근데 무서워서."

"그렇겠지만 할 수 없지."

조 씨는 사야카의 어깨를 '탁' 쳤다.

"오랜만이네."

라인으로 연락해도 '내가 준 이혼 신고서에 도장 찍어

서 돌려줘'라는 대답만 왔다. 할 수 없이 '이혼 신고서 썼고 만나서 주고 싶어. 만나서가 아니면 안 줄 거야'라고 했더니 겨우 약속에 응해주었다.

토요일 10시, 시부야 커피숍에서 만났다. 자츠는 점심시간만 빼기로 했다.

그는 무뚝뚝한 얼굴로 10분 늦게 왔다.

"회사에 바로 가야 해."

"그런……."

이 사람이 정말로 내 남편인가, 새삼 생각했다.

자기 편한 대로 헤어지자고 한 아내에게 이렇게 차가운 말을 내뱉다니. 무엇보다 그렇게 간단히 이혼할 수 있을 거라 생각하나. 마음이 무너질 것 같아졌을 때 조 씨가 해준 말을 떠올렸다.

"이혼은 자기가 이해할 수 있을 때 해야 해. 생활비도 사실은 수입이 적은 쪽이 정식으로 이혼할 때까지 부족한 분을 청구할 수 있으니까, 당당하게 요구하면 돼. 어쨌든 본인 마음이 안정될 때까지 결정하지 않아도 되는 거야. 다녀와."

조 씨는 이혼에 관해 아주 잘 알았다. 그 말에 등을 떠밀려 입을 열었다.

“이혼하고 싶은 진짜 이유가 뭐야?”
“엉?”
“실은 나, 그 가게에서 지금 일하고 있어. 당신이 자주 다녔던…….”
“헐, ‘자츠’에서?”
“응.”
사야카는 가게에 가게 된 경위를 얘기했다.
“……좀 알 것 같은 기분이 들어. 가게에서 밥 먹으면서 술 마시는 사람을 보고, 조 씨에게 요리도 배우고 있고. 지금이라면 당신을 허락할 수 있어. 그 가게에 가고 싶으면 가도 되고, 괜찮다면 나도 같이 가고 싶어. 집에서 밥 먹으면서 술 마셔도 좋아. 무엇보다 그곳에서 일하며 다양한 사람이 있다는 걸 알게 됐어.”
켄타로는 잠시 생각하는 것 같았다. 그리고 겨우 입을 열었다.
“……사야카가 선호하는 식사법, 음주법이 있듯이 나와 다른 사람에게도 있어. 어느 쪽이 허락하고 말고 할 게 아니야. 어째서 자기만 옳다고 생각하는 거지.”
“어.”
“……미안. 이미 늦었어. 미안하지만, 마음이 떠났어. 사야카한테서."

울 것 같았다. 하지만 눈물을 꾹 참았다.

"좋아하는 사람, 있어?"

혹시 기요코 씨, 라는 말은 마음속으로 중얼거렸다.

"……그런 게 아냐. 정말로 그런 문제는 아냐."

"알겠어."

두 사람은 한참 동안 입을 다물고 있었다.

"하지만 나도 미안해. 아직, 아직 좀 더 기다려줘. 아직 마음을 정리할 수 없어. 이혼은 좀 더 기다려주길 바라."

"알겠어."

켄타로는 자리에서 일어나 가게를 나갔다.

사야카는 역시 조금 울고 말았다.

점심시간이 끝났을 무렵 가게에 도착했다.

사야카의 얼굴을 한눈에 보고 조 씨는 말했다.

"밥, 먹을래?"

사실은 전혀 식욕이 생기지 않았지만 그곳에 있는 이유를 만들고 싶어서 "네."라고 했다.

메뉴는 치킨난반에 나물무침이었다. 조 씨가 갖다준 쟁반을 보고 사야카는 자연스럽게 일어섰다. 그대로 냉장

케이스로 가서 병맥주와 뽀얀 김이 서린 잔을 갖고 왔다.

치킨난반을 한 개 먹었다.

여전히 달다. 그리고 시큼하다.

맥주 뚜껑을 따서 잔에 따라 단숨에 꿀꺽꿀꺽 비웠다.

"맛있네요. 밥과 술은……."

나쁘지 않다. 오히려 조금 평온함조차 느꼈다.

"지금이라면 맛있다는 걸 알았을 텐데. 나, 내가 좋다고 생각하는 걸 남편도 알아주길 바랐을 뿐인데요. 강요만 했네요."

켄타로에게 들은 말을 떠올리니 또 울고 싶어졌다. 더 빨리 깨달았더라면 좋았을걸. 하지만 줄곧 이런 식으로 살아왔으니 쉽게 바꾸진 못했을 것이다.

조 씨가 자신을 물끄러미 보고 있다.

"자네, 눈치채지 못했어?"

"네?"

조 씨가 전에 사야카가 갖고 온 병을 들어 보였다.

"그건……."

"써봤어."

다시 한번 치킨난반을 먹었다. 정말로 달지만 전보다는 달지 않다. 게다가 그렇게 생각해서인지 감칠맛도 더해진 것 같다.

"나쁘지 않네."

조 씨가 퉁명스럽게 말했다.

"정말이에요?"

"뭐, 한동안 써봐도 좋겠어."

조 씨가 순순히 받아들인 탓인지 그때까지 고집을 부렸던 게 한심해진다. 몸에서 힘이 빠진 사야카는 미소를 지었다.

그리고 솟구치는 눈물이 떨어지지 않도록 맹렬한 속도로 맥주와 함께 밥을 먹기 시작했다.

bar 기린반

유즈키 아사코

유즈키 아사코

1981년 도쿄에서 태어났다. 2008년《포겟 미, 낫 블루》*로 올요미모노 신인상을 받고 2010년《종점의 그 아이》로 데뷔했다. 2015년에《나일퍼치의 여자들》로 야마모토 슈고로 상을 수상했다. 주요 저서로는《매일 아침 지하철에서 모르는 여자가 말을 건다》,《서점의 다이아나》,《버터》,《매디컬 그랜드마더》 등이 있다.

* 국내에서는 단편집《종점의 그 아이》에 수록되어 있다.

*

점심때가 지나서 스마트폰이 울렸다. 아리노는 얕은 잠을 자던 중이었다.

"푸틴!! 잘 있었어? 나야! 오랜만이야. 어머, 큰일이 있었다며? 가게, 닫았다는 말 들었어!"

이런 별명으로 불리는 게 몇 년 만인가. 올해는 2020년이니까 20년 전에 들은 게 마지막이다. 인생 최초로 떡이 되도록 취했던 밤이 떠올라, 에어컨이 고장 나서 땀으로 흠뻑 젖은 몸을 일으켜 주위를 둘러보았다. 관엽식물에 간접 조명, 수입 소파, 아이스하키 테이블 게임, 제작해서 붙인 벽 선반에 나란히 진열된 양주병. 이 집에 들어오는 여자들이 빨리 익숙해지도록 바 같은 분위기를 내려고 신경 쓴 인테리어다.

다행이다. 이곳은 그 다카타노바바의 싸구려 다세대 주택이 아니다. 그러나 신형 코로나바이러스 감염 확대로 여자들의 출입이 뚝 끊긴 40세 남자가 혼자 사는 생활은 그 무렵과 달리 답답함으로 가득하다. 아리노는 스마트폰을 어깨와 귀 사이에 낀 채 창문을 힘껏 열었다. 메이지진

구의 매미 소리가 한층 크게 들리며, 녹나무의 짙은 초록이 차륵차륵 흔들렸다. 파랗고 뜨거운 냄새가 불어왔다.

"그래서 말이야, 옛정으로 푸틴한테 부탁이 있어!"

아리노를 푸틴이라고 부르는 사람은 이제 이 여자 단 한 명이다. "끊을게."라고 말하는데 대학교 때 같은 세미나에 있던 오츠카 에리코는 귓속이 아프도록 괴성으로 덮어씌웠다.

"자, 잠깐만! 일, 일 이야기야! 돈도 낼 거야!"

졸업 이후 한 번도 만난 적 없는 오츠카 에리코를 다시 만난 것은 아직 마스터가 건강했던 시절이니, 아마 4년 전인 것 같다. 아리노가 물건을 구매해서 돌아오니, 아직 영업을 시작하지 않은 카운터를 사이에 두고 슈트 차림의 오츠카와 마스터가 캐나디안 위스키로 이야기꽃을 피우고 있었다. 평소에는 과묵한 마스터가 소리 내어 웃는 것을 그날 처음 본 것 같다. 오츠카는 이쪽을 보자마자 눈을 동그랗게 뜨고, "푸틴? 앗, 푸틴? 진짜? 말도 안 돼, 전혀 몰랐어! 나 지금 주류 영업하던 참이야. '에클로그'에서 몬트리올 신상품을 꼭 좀 이용해주셨으면 하고 말이야."라고 빠르게 말하며 명함을 내밀었다. 주조 회사의 위스키 부문 영업부 주임이라고 쓰여 있었다. 취직 빙하기 시절, 아리노는 졸업 직전에 작은 간판 제작회사에 들어갔는데, 오츠카는 어학 실력과 커뮤니케이션 능력으로 업계에서 가장 큰 회사에 합격했던 사실을 떠올렸다.

마스터의 장례식에서 오츠카는 다음에 가게에 꼭 갈게, 하고 빨개진 눈으로 말했다. 그랬던 주제에 얼마 있다가 후임인 젊은 남자를 보내고 그게 끝이었다.

그 자리 분위기에 맞춰 행동하는 살살이. 좋은 건 전부 낚아채는 솔개. 아무리 술을 마셔도, 위기가 찾아와도 낯빛 하나 바뀌는 일 없는 간과 멘털이 강철로 된 여자.

입학해서 얼마 되지 않았을 때 세미나 회식 자리에서 오츠카 옆에 앉는 바람에 대학 생활이 장난 아니었다. 재수를 한 아리노는 지금까지의 어두운 날을 전부 뒤엎어 버리겠다고 굳게 마음먹었고, 생각에 생각을 거듭한 끝에 한 자기소개가 그럭저럭 먹혀서 긴장이 풀렸다. 세미나에서 제일 예쁜 아이에게 취기를 가장하여 장난 반으로 꾀었더니, 그 아이는 난감한 미소를 지었다. 그것뿐이라면 별일 없었을 텐데, 초면인 오츠카가 갑자기 일어나서 "힘을 내! 또 다음이 있어!" 하고 호들갑을 떤 탓에 그 아이가 웃음을 터트렸고, 갑자기 진짜로 실연당한 사람 취급을 받았다. 돌이킬 수 없었다. 인생 최초로 실연의 술을 마셨다. 그리고 몇 시간 동안 기억이 없었다.

눈을 떠보니 오츠카의 좁은 다세대 주택 방에서 세미나 동료들이 쭈그리고 자고 있었다. 아리노는 구토를 엄청나게 했는지, 입안이 쓰고 위는 꼬르륵꼬르륵했다. 오츠카는 콧노래를 부르면서 감자튀김을 대량으로 튀겨서 접시에 수북하게 담더니 "오래 기다리셨습니다! 푸틴!" 하면서 권했다. 마지못해 한 개 먹었더니 소금기와 기름기가 공복의 몸에 스며들어서 손가락이 멈추지 않았다. 오츠카는 아리노가 취했을 때 이랬다저랬다 하면서 귀를 막고 싶을 정도로 쓸데없는 보고를 해댔다. 그 큰 소리와 감자튀김 냄새에 끌려서 다들 하나둘씩 일어났다. 그날부터 과 친구들이 "푸틴, 푸틴." 하고 놀리듯이 불렀다. 러시아 대통령 '푸틴'의 외모와 관련된 별명이란 것은 명백했다. 피부가 희고, 스무 살치고 이마 선의 숱이 적었다. 실은 아리노의 콤플렉스였다.

이 가게에 바텐더로 서게 된 뒤로는 선탠 살롱에 다니고, 짐에서 근육을 만들고, 올백으로 넘겨서 숱 적은 머리를 가렸다. 수염 손질은 마스터와 같은 이발소에 맡기고 있다. 잘생긴 바텐더로 잡지에 소개된 것도 한두 번이 아니다.

그러나 오츠카는 그 시절과 하나도 다름없는 톤으로 이렇게 말했다.

"있지, 내가 호스트로 있는 온라인 바에 오늘 밤 나와서 셰이커 흔들어주지 않을래? 1회 수고비는 1만 엔. 3일에 1회, 매회 한 시간 해서 5회 정도 어떨까. 계좌, 가르쳐줘."

감사한 제안인 것은 부정할 수 없다. 이번 달 초에 도쿄 도지사가 "밤거리, 밤의 번화가 외출을 삼가길 바란다."라고 발언한 이후 동종 업계 사람들 모두 고전을 면치 못하고 있다. 아리노도 결국 열흘 전에 일시 폐점하기로 정한 참이다. 이 산구바시의 맨션 지하 1층에 있는 바는 마스터의 유언에 따라 물려받은 것이다. 많은 자영업자가 임대료를 내지 못해 가게를 접는 요즘 같은 때 자신은 꽤 행운아인 편이다. 그러나 저금을 헐어서 살아가는 날들은 초조함만 더해져서, 고민 끝에 예전 동료에게 데이터 입력 아르바이트 없을까, 하고 어젯밤에 메일을 보낸 참이었다.

"자, 잠, 잠깐만. 컴퓨터 앞에서 칵테일을 만들기만 하는데 5만 엔이나? 그러기만 하면 되는 거야? 고객층은?"

온라인 바를 개점한 동업자도 있지만 잘 되는 곳은 단골끼리 화기애애하게 서로 얘기 나누는 가게뿐으로, 조용하고 편안함이 장점인 에클로그에는 어울리지 않는다고 주저하던 참이었다.

"그야 푸틴은 완전 유명한 가게의 2대째 사장이잖아. 온라인으로 그 에클로그에 갈 수 있다고 했더니 다들 기뻐했어. 푸틴이 셰이커 흔드는 걸 보여주는 것만으로 가치가 있어. 고객층? 음, 어, 제각각이지만……. 아, 젊고 세련된 여성이 많은 편? 다들 술을 좋아하는데 마시러 갈 수 없어서 스트레스가 무진장 쌓였거든."

그랬다. 중고등학교 시절을 캐나다에서 보냈다는 오츠카는 어깨가 넓고 팔다리가 굵고 술을 좋아하는 털털한 여자인데, 그런 타입들이 그렇듯 홍일점으로 남자들과 어울리는 일은 거의 없었고 언제나 여자들을 여럿 끌고 마시러 다니는 걸로 유명했다. 그중에는 미스 캠퍼스나 모델 지망생까지 있어서, 뒤에서는 오츠카 할렘이라고 부르기도 했다. 미녀에게 둘러싸여도 어찌 된 건지 그 한가운데에서 가장 긴장을 풀고 떠드는 것이 오츠카 에리코였다. 누군가가 옆에 있어도 결코 들러리 역이 되지 않는 것이 정말로 신기했다.

"일단 링크를 보낼게. 오늘 밤 9시에 들어와. 사정은 그때 설명할게. 방 이름은 'bar 킬링 미'야. 그럼 부탁해. 기대할게!!"

그렇게 말하고 전화는 일방적으로 끊겼다. 5만 엔, 오츠카 할렘, 킬링 미라는 세련된 네이밍에 끌려 아리노는 들뜬 마음을 억누를 수 없었다. 온라인이긴 하지만 기왕 하는 것이니 가게에서 줌을 하자. 지하로 내려가서 바 문을 열고 오랜만에 환기를 시켰다. 평소에는 제빙업자에게 발주하지만, 시간이 없어서 오늘은 직접 얼음을 얼리고 몇 시간에 걸쳐서 구석구석 청소했다. 먼저 청결, 다음에 정리 정돈. 선반에 늘어놓은 술병은 하나도 빠짐없이 라벨이 정면으로 향하게 하고, 모든 것이 반짝거리도록 닦기. 선대 사장의 가르침을 아리노는 충실하게 지키고 있다.

—바텐더란 '바를 지키는 사람'이란 뜻이 있다. 바텐더는 손님에게 목사여야 한다. 그들의 소리에 귀를 기울이고 항상 평등하게 대할 것. 언제나 같은 시간에 같은 컨디션으로 불을 켜고 문을 열어둘 것.

서른 살을 눈앞에 두고 제자가 되겠다고 했을 때 마스터는 그렇게 말했다. 회사 선배를 따라서 간 에클로그에서 올리브 향에 소금기가 있는 더티 마티니를 마신 뒤 아리노의 인생관은 바뀌었다. 이대로 직장을 계속 다녀야 할지 고민하던 시기였다. 마치 모든 것을 꿰뚫어 보듯이

"이건 루스벨트 대통령이 직접 고안해서 미소美蘇 회의에서 스탈린에게 대접한 칵테일입니다. 직접 셰이커를 흔듦으로써 보이는 것들도 있을지 몰라요." 하고 차분히 말하는 백발의 마스터는 아리노가 보기에 이상적인 남자였고, 동경하는 직업인 그 자체였다.

마스터의 동작은 전부 눈에 새기고 몸에 익혀서, 그것을 재생하며 아리노는 지난 몇 년을 보냈다.

다만 손님과의 개인적인 교제를 완전히 금하는 건 아니어서 아리노는 분위기에 따라 여성 손님을 여러 번 자기 집으로 불렀다. 연애와는 거의 인연이 없었던 20대 때는 생각할 수 없었을 정도로 모두 아리노에게 빠졌다. 어두컴컴한 가게에서 칵테일 주변만 두드러지게 설계된 조명, BGM용 재즈 레코드, 조끼에 꽂은 몇 종류의 자격 인증 배지, 키를 가릴 수 있는 높은 카운터. 셰이커를 흔들 때 드러나는 팔의 근육과 손등의 핏줄. 에클로그에 빼놓을 수 없는 소도구 하나하나가 자기를 최대한 매력적으로 보이게 한다는 것을 아리노는 마스터에게 사사받기 훨씬 전, 손님이었을 때부터 깨닫고 있었는지도 모른다. 무엇보다 술을 흔드는 쪽은 취해서 실수하는 일이 절대로 없다. 카운터 너머로 살짝 취한 여성에게 맨정신으로 대할 때, 자신은 절대 수치스러운 일을 당하지 않을 거라는 안심감으로 여유만만하게 행동한다. 요령은 최대한 말을 하지 않을 것. 자신이 먼저 제안하거나 뭔가를 주려고 하지 않을 것. 그렇게 하면 여백이 생긴다. 그다음은 상대가 마음대로 해석하고 아리노에게 유리하게 움직인다. "이제 여긴 못 오겠네요. 즐거웠어요." 하고 쓸쓸하게 웃으며 재빨리 돌아가는 미인들. 연애가 이렇게 상처 입는 것과 무관하다는 걸, 학생 시절의 자신에게 가르쳐주고 싶다고 생각했다.

그날 저녁 무렵, 수염과 머리를 정성껏 다듬고 아끼는 셔츠를 입었다. 스탠드형 간접 조명을 집에서 세 개나 가져와서 얼굴이 어떻게 비치는지 확인하면서, 위치를 미세하게 조정했다. 허비 행콕의 레코드에 바늘을 올려놓고 카운터 너머에 설치된 컴퓨터를 켰다.

링크해준 방에 들어가자, 실내복 차림의 남녀가 넋이 빠진 얼굴로 줄줄이 있었고 추하이 캔이나 싸구려 컵에 술을 마시는 모습이 화면 가득 펼쳐졌다. 순간 주소가 잘못됐나 하고 퇴실 버튼을 찾는데, "아, 푸틴이 왔어!" 하고 한쪽 구석에 있던 파자마 차림의 오츠카가 갑자기 앞으로 나왔다. 아리노가 "어어, 킬링 미killing me는?" 하고 낮은 목소리로 조심스럽게 확인하자 오츠카는 배를 잡고 웃었다.

"킬링 미? 뭐야, 그거 재미있네! 잘못 들었어! 우린 기린반!* 같은 어린이집 기린반 엄마와 아빠야. 뭐, 차라리 죽여주세요, 싶은 상황이긴 하지만!"

다들 자학하는 분위기로 까르르 웃었다. 어린이집. 기린반. 머리가 쫓아가는 데 시간이 걸려 간신히 이렇게 질문했다.

"잠깐만, 오츠카. 너 애가 있었어?"

대학 시절, 연애한단 얘기를 한 번도 들은 적이 없어서 오츠카가 꾸린 가정이 상상이 되지 않았다.

"응, 지금 세 살. 옆방에서 쿨쿨 자고 있지만. 이 중에서는 비교적 고령 출산인 편이려나?"

맥주 캔의 풀 톱을 당기면서 오츠카는 시원스럽게 말했다. 오츠카가 가게에 모습을 보이지 않은 이유를 그제야 알았다. 세 살이라면 그 장례식 때는 이미 임신하고 있었을지도 모른다.

그건 그렇고 오츠카 할렘은 어디……. 아리노는 무례를 범하지 않도록 기린반 부모를 한 사람, 한 사람 재빨리 관

* 일본어 발음으로 'kirin gumi'다.

찰했다. 컴퓨터를 15분할한 화면에 있는 남녀. 나이도 제각각, 성별을 알 수 없는 사람도 있었고, 그중 한 사람은 확실히 노인이었다.

"잠깐만? 아오이 엄마, 이 줌의 취지, 설명하지 않았어? 이런 차림으로, 완전 부끄럽잖아!"

세안 헤어밴드로 이마를 드러내고 안경을 쓴 여성이 고구마 소주인 세키토바에 페트병 보리차를 쪼르륵 타면서, 나무라듯이 말했다. 머리 풀고 안경 벗고 화장하면 비교적 눈에 띌 미인이겠지만 지금은 그런 일면이 간신히 보이는 정도다. 아오이 엄마라고 불린 오츠카는 "미안, 요스케 엄마." 하고 가볍게 웃었다. 고개를 갸웃거리는 아리노를 눈치챘는지, 아뿔싸, 하는 얼굴을 했다.

"아, 그래, 그래. 아오이 엄마는 두 사람 있어. 푸틴이 보기에는 헷갈릴지도 모르겠네. 다들 지금부터 나는 오츠카로 부탁해요. 어, 푸틴, 저기 저 사람도 아오이 엄마야."

오츠카라는 성으로 전원이 이해하는 걸 보니 어쩐지 싱글로 아이를 키우는 것 같다.

"네, 저도 아오이 엄마예요. 약사예요."

오츠카의 소개를 받고 한 여성이 불쑥 잔을 들었다. 레드와인을 가볍게 돌려 보였다. 실은 아까부터 아리노의 시선은 그녀에게 빨려들고 있었다. 맨얼굴과 가슴팍이 늘어진 성긴 니트 차림에 목이 길고 머리는 숏보브 스타일을 한 여성이다. 아마도 아리노보다는 연상일 터. 촉촉한 색향이 감돌았다. 보기에는 가장 정리된 집에 살고 있었고, 아리노 취향의 미색으로 통일된 화려한 공간이었다. 아오이 엄마를 보며 마음을 가다듬었다. 아무런 분위기도 없는 모임이긴 하지만, 코로나가 진정되면 깔끔한 차림으로 혼자 찾아올 만한 손님이 생길지도 모른다. 영업이라고 생각하자.

“마스터, 잘 부탁합니다. 오츠카 씨한테 에클로그 얘기를 듣고 전부터 한번 가보고 싶었어요.”

아오이 엄마의 시선이 왠지 모르게 의미가 있어 보인 건 그렇게 생각해서일까. 그와는 정반대로 오츠카는 널브러진 장난감과 빨래로 바닥이 보이지 않는 방 한복판에서 이번에는 위스키를 록으로 마시며 대학 시절과 다름없는 기세로 떠들었다.

“미안, 미안. 푸틴은 한 마디를 하면 백 마디를 알아듣는 타입이어서 그만 설명하는 걸 깜박했네. 푸틴, 너 어제 뉴스에 나온 어린이집 교사 한 명이 코로나에 걸려 ○○구 구립 어린이집이 휴원하게 된 거 알아? 그거 실은 우리 아이가 다니는 어린이집이야. 일단 전원 PCR 검사를 받아서 여기 있는 사람들 모두 별일 없는 건 알고 있지만, 3일 전부터 휴원이어서 말이야."

아리노는 고개를 갸웃거렸다. 텔레비전도, 라디오도 거의 매일 그런 보도뿐이어서 어디가 이들의 자녀가 다니는 어린이집인지 알 수가 없었다.

"우리 어린이집, 해마다 7월 말 여름 축제에 힘을 쏟고 있거든. 코로나가 퍼진 뒤로도 사회적 거리두기에 신경 쓰면서 대책에 최선을 다해 개최하기로 하고 착착 진행했어. 행사가 격감했기 때문에 올해는 부모도 아이도 형제도, 똑같이 유니폼을 발주하기로 해서 내가 회계 담당이 됐어. 여름 축제는 휴원 공지와 함께 중지됐지만, 불행 중 다행으로 간신히 유니폼 발주를 취소했어. 그래서 기왕이면 그 돈, 뭔가 즐거운 일에 쓰자는 걸로 모두 뜻을 모아서 말이야. 애들 재우고 난 뒤에라도 즐겁게 보내자고 기린반 온라인 바를 만들어서 푸틴에게 출장 바텐더를 부탁한 거야."

자신의 출연료가 애들 유니폼 값인가 생각하니 아리노는 복잡한 기분이 들었다.

"다들 맞벌이여서 보시다시피 너덜너덜해. 재택근무를

하는 사람들은 일하면서 육아하느라 엉망진창이고, 출근하는 사람들은 아이들 봐줄 사람 찾느라 그건 그것대로 난리야."

재택근무를 하는 사람은 전체의 반 정도이고, 그 외에는 서비스직이 대부분이라고 한다. 기성복 판매장에서 근무하는 안나 엄마가 화이트와인을 따르면서 바로 투덜거렸다.

"우리 집은 남편도 미용실을 쉴 수 없고 완전 무방비 상태여서 엄마한테 매일 와달라고 했어요. 그렇게까지 해서 안면 투명 마스크 쓰고 가게에 서 있어도 선 채로 기절할 것 같을 정도로 한가하지만."

안나 엄마도 아마 스웨터 차림에 앞머리를 꼭지 머리로 묶고 있지 않았더라면 분위기 있는 여성일지 모른다. 등 뒤에 펼쳐진 좁은 거실은 오츠카네와 맞먹을 정도로 어질러져 있다.

"나는 방문 요양보호사여서 역대급으로 바빴어요. 남편이 재택근무라 육아와 집안일은 전부 맡고 있지만, 이제 그 사람이 쓰러질 것 같아요. 큰애는 초등학생인데 여름방학이 단축돼서 짜증이 늘어가지고 요스케랑 맨날 싸우기만 하고."

그렇게 투덜거리며 보리차를 탄 고구마 소주를 비우는 사람은 아까 오츠카를 나무라던 안경 여자, 요스케 엄마다.

"안나 엄마처럼 우리 딸도 서비스직이에요. 딸이 이혼하고 나서 가사와 육아는 원래 내 담당이었는데, 이렇게 연일 무더위라 밖에 나가 놀지도 못하니. 힘이 넘쳐나는 세 살짜리 아이와 함께 있는 게 여간 힘들지 않습니다……."

온화하게 입을 연 사람은 혼자만 70대로 보이는 쇼야 할아버지다. 가장 피폐한 얼굴을 한 사람은 바로 그였다. 수건을 목에 두르고 어쩐지 딸의 것인 듯한 큼직하고 귀여운 티셔츠는 전혀 어울리지 않았지만, 품위 있는 백발의 신사다. 보드카 미즈와리를 기울이는 모습도 아주 익숙하다.

"저도 싱글맘이에요. 자택을 개장해서 침구원을 하고 있는데 아휴, 손님이 너무 없어요. 후타는 옆방에서 넷플릭스 틀어주고 감시 카메라로 지켜보면서 일하긴 하는데, 아이를 치료실에 둬도 문제 될 게 없겠더라고요."

그렇게 말하며 사오싱주를 샷 글래스로 마시는 사람은 똥 머리에 목도, 손목도 워머로 말고 있는 후타 엄마다. 지금 컴퓨터를 켠 곳도 치료실 같다. 세 개 나란히 있는

간이침대는 각각 비닐 시트로 칸막이를 쳐놓았다.

"저도 싱글입니다. 수입품 전문 슈퍼에서 카운터를 맡고 있죠. 정사원이 아니어서 쉴 수도 없고 부모님도 가까이에 계시지 않아서, 세상 떠난 아내의 언니에게 맡기고 있습니다만 그쪽도 힘들어해서. 시터비를 낼 만한 여유도 없고, 이대로라면 지금 하는 일 그만두고 다른 일을 찾아야 할지도 모르겠습니다……."

어깨를 떨어뜨리고 스토롱계 추하이에 두꺼운 입술을 대는 사람은 가장 젊어 보이는, 곰 인형처럼 포동포동한 인상의 네네 아빠다. 오츠카가 바로 큰 소리로 말했다.

"네네 맡아줄 시간 있는 사람? 무리는 하지 말고. 나 내일모레라면 11시부터 반나절 볼 수 있어요! 점심때 국수밖에 없지만 괜찮아요?"

그러자 다음 주 수요일이면 마감 끝난 뒤여서 종일 볼 수 있어요, 하고 단발인 곱슬머리가 눈에 띄는 한국인 일러스트레이터 소나 엄마가 참이슬을 병째 들어 보였다.

"점심과 간식 지참하고, 호빵맨만 계속 보여주고 방치해도 된다면 언제든 괜찮아요!"

근무지인 네일 숍이 휴업 중이라며, 긴 갈색 머리를 아무렇게나 묶은 리리나 엄마가 고구마 소주를 어린이용

컵에 따르면서 외쳤다. 그 밖에도 여기저기서 한마디씩 했다. 네네 아빠는 울음을 터트릴 것 같은 얼굴로 머리를 숙이며 몇 번이나 고맙다고 말했다.

복잡한 사연을 품은 가정이 많은 어린이집 같은데, 다들 서로의 입장은 조금도 개의치 않고 자기가 얼마나 힘든지 한 손에 술잔을 들고 푸념을 늘어놓으며 정보 교환을 하는 자리였다.

겉으로 보기에 쉰 살 가까울 것 같은 마도카 엄마는 낡은 저지 차림으로 비싸 보이는 잔에 샴페인을 마시면서, 남편이 의료 관계자로 호텔에서 지내고 있어서 현재 독박 육아를 하고 있었다. 그는 아이들을 돌보며 재택근무로 회계사 일을 하고 있어서 너무 힘들다고 푸념했다.

교스케 아빠는 걱정스러울 정도로 연거푸 사케 잔을 비우면서, 시스템 엔지니어 부부로 나란히 재택근무를 하지만 코로나 시대에 출산을 목전에 두고 있어서 신경이 날카로운 아내한테 날마다 화풀이를 당하고 있었다. 그는 육아도, 가사도 일이 너무 많아서 한계에 이르렀다고 새빨간 얼굴로 호소했다.

누가 뭐라고 말할 때마다 "알아요!", "완전 공감.", "파이팅!", "정말 대단해요!" 등 다들 한마디씩 추임새를 넣어서 시끄럽기 그지없었다. 그러는 동안에도 아프리카계 미국인으로 대학 강사인 남편이 있고 자기도 온라인으로 영어 회화 교사를 하고 있다는, 풍성한 머리칼을 헤어밴드로 묶은 조슈 엄마가 "미안, 조슈가 깬 것 같아요. 잠깐 보고 올게요." 하고 테킬라 병을 들고 화면에서 사라졌다. 그리고 "재우기 완료! 지금까지 가장 빠른 10시에 재우기 성공!!" 하고 아내보다 열두 살은 어려 보이는 안나 아빠가 브이를 그리며 안나 엄마 옆에 나타났다. "잠버릇 폭로하지 않아도 된다고." 하다가 꿀밤을 맞았다.

기린반 부모들은 끊임없이 움직이고, 떠들었다. 아리노는 카운터에 우두커니 서서 전혀 끼어들 타이밍을 찾을 수 없어 묵묵히 지켜볼 수밖에 없었다.

원래 에클로그의 고요함을 좋아하는 아리노는 이런 시끌벅적한 음주를 싫어했다. 실은 그 때문에 회사를 그만둔 것이기도 했다. 아, 부탁이야, 잠시라도 좋으니까 조용히 좀 해줘. 마치 꿀벌이 귓가에서 윙윙거리는 것 같다.

그때 좋은 생각이 떠올랐다. 몸이 저절로 움직였다. 냉동고에서 생크림을, 제빙기에서 만들어둔 얼음을 꺼냈다. 셰이커 보디에 얼음을 듬뿍, 물을 넣고 가볍게 흔든 다음 물을 뺐다. 라벨이 지저분해지지 않도록, 손님에게 상표가 잘 보이도록 병 아랫부분을 잡고 브랜디를 메이저 컵에 따르고 생크림, 벌꿀을 더한 뒤 스트레이너와 캡을 끼웠다. 셰이커를 거품이 나도록 가볍게 들고 왼쪽 어깨 약간 아래, 카운터에 수평으로 내려놓았다. 생크림은 잘 녹지 않아서 스냅 힘으로 평소보다 빠른 속도로 잘게 위아래로 흔들었다.

셰이커를 만지는 것은 며칠만이어서, 목 언저리를 쓰다듬는 미풍이 기분 좋았다. 차가운 공기가 몸속까지 지나가는 듯한 기분이 들었다. 손가락 끝이 차가워지고, 셰이커 전체에 살짝 서리가 덮이기 시작하자 컴퓨터 화면에서 한 사람, 한 사람 입을 다물었다. 아리노의 셰이커 동작에 모두 빠져 있다는 걸 굳이 확인하지 않아도 시선들이 손등 언저리로 느껴졌다.

"이건, 줌입니다."

그렇게 말하고 마지막 한 방울까지 걸쭉한 흰색 액체를 다 따르자, 셰이커로 부드럽게 원을 그리며 착지시켰다. 글라스 받침 부분에 손가락을 대고 화면 앞으로 쓱 밀었다.

"어머, 그런 이름의 칵테일이 있었어? 푸틴이 지금 갑자기 떠올린 칵테일이 아니고?"

오츠카는 눈을 깜박거렸다.

"네, 옛날부터 있는 유명한 칵테일입니다. 꿀벌이 붕붕거리는 소리를 표현했습니다. 오늘 밤 모임에 딱 맞지 않을까 하고……."

순간 조용해졌다. 말실수했나, 하고 걱정한 순간 탁 하는 소리가 들렸다.

"과연!! 천하의 에클로그!! 위트!"

조시 엄마가 풍성한 머리칼로 앤티크 탁자를 내리치며 헤드뱅잉으로 기쁨을 나타냈다.

"이거야, 이거!! 이런 어른의 대화에 굶주리고 있었어요."

마도카 엄마는 눈물을 글썽이는 것 같다. 요스케 엄마도 감정 이입한 듯이 이렇게 말했다.

"손놀림 대박. 마술 같아요. 이걸 본 것만으로도 충분히 본전을 뽑은 기분이에요."

"브랜디와 생크림과 벌꿀이라니, 맛있겠어요. 그거라면 지금 전부 집에 있는데. 따라 할 수 있으려나."

동그란 눈동자를 반짝인 것은 가녀린 몸이 아이 같은 인상의 마나 엄마다. 남편과 둘이 상점가에서 케이크 가게를 하는데 손님이 좀처럼 오지 않는다고 한다. 온라인

숍을 시작했지만 이 더위에 버터가 듬뿍 든 쿠키 역시 팔리지 않는 것 같다.

"셰이커가 없는데 그냥 흔들어도 괜찮을까요?"

뭔가 요리 교실 같네, 생각하면서도 아리노는 정중한 어조로 대답했다.

"셰이커에는 재료를 섞는다, 공기를 포함한다, 차갑게 한다, 이 세 가지 기능이 있습니다. 섞는 것과 공기를 포함하는 것은 가정용 거품기로도 가능합니다. 그다음에는 만들면서 급속히 차게 할 수만 있으면 같은 맛이 나오지 않을까요."

마나 엄마는 아주 진지하게 메모했다. 그러고는 벌떡 일어서더니 뒤편의 주방으로 가서 얼음물에 생크림을 넣은 볼과 핸드블렌더를 들고 컴퓨터 앞으로 돌아왔다.

"이 핸드블렌더, 마나 이유식 끝난 뒤로 한 번도 쓰지 않았는데……. 음, 이런 느낌이려나요?"

핸드블렌더가 휘잉 하고 조용히 회전하더니 눈 깜짝할 사이에 액체가 걸쭉해졌다. 마나 엄마는 작은 잔에 신중하게 따라서 천천히 입술을 갖다 댔다.

"와, 벌꿀의 서늘한 달콤함에 힐링 되네요. 음, 맛있다. 이런 밀키하고 달달한 칵테일 좋네."

황홀하게 눈을 감고 있는 마나 엄마를 보고 부러움의 소리가 여기저기에서 새어 나왔다. 안나 엄마는 안나 아빠한테 "저거랑 똑같은 거, 내일 만들어줘." 하고 지시했다.

"오랜만이네요, 달달한 칵테일. 독신 때는 곧잘 퇴근길에 긴자에서 저런 거 마셨는데."

그리운 듯이 말하며 레몬사와 캔을 마시는 사람은 니혼바시의 백화점에서 미용부원으로 있다는 켄토 엄마다. 켄토 외에 한 살짜리 딸도 키우는 그녀는 음식물 얼룩이 있는 스웨터를 입었고 푸석푸석한 머리칼에 눈썹이 없다. 직장에서의 모습을 도저히 상상할 수 없지만 팽팽하고 작은 얼굴과 사소한 동작이 어딘지 모르게 우아하다.

"맞아, 맞아. 그 주변 노포 바는 개성적인 가게가 많죠. 작가들이 문학상 대기할 때도 곧잘 이용하고."

"아, 할아버지는 전직 편집자셨죠. 쇼와 작가들의 주사 에피소드들도 아실 것 같아요. 들려주세요!"

요스케 엄마가 몸을 앞으로 내밀자, 쇼야 할아버지는 쑥스러운 표정을 지었다. 아리노가 화면을 자세히 들여다보니 쇼야 할아버지 뒤에 커다란 책장이 있었고 단행본과 문고가 빼곡하게 채워져 있었다.

"달콤한 칵테일은 왠지 좋죠. 그야말로 밤의 자유로운

시간이란 느낌……."

보리소주인 '이이치코'를 스트레이트로 홀짝홀짝 마시며 짐 트레이너라는 '미노리 부모'가 커다란 등을 동그랗게 말고 낮은 소리로 중얼거렸다. 부모들은 동의한다는 듯 한숨을 쉬었다. 미노리 부모는 이 중 누구보다 근육질로 목이 굵고 턱이 다부졌지만, 긴 속눈썹과 하나로 묶은 머리칼은 물기를 머금고 있어 부드러워 보였다. '부모'라고 자칭한 탓에 남성인지 여성인지 아리노는 판단할 수 없었다. 하지만 그런 건 이 기린반에서는 상관없을지도 모른다. 육아 고충만 공유할 수 있으면 그것으로 이미 동료다.

"그러면 푸틴, 나한테 딱 어울리는 칵테일 부탁할게!"

오츠카가 힘차게 손을 들었다. 아리노는 장난기를 발휘해 브랜디와 칼루아를 가볍게 섞은 '더티 마더'를 내밀었다. 칵테일 이름을 말하자마자 오츠카가 눈을 반짝거리며 "야! 지금 지저분하긴 하지만!" 하고 과장된 몸짓으로 받아쳐서 일동 대폭소를 했다. 나도, 나도, 하고 잇따라 손을 들어서 아리노는 약속한 시각까지 셰이커를 계속 흔들었다. 평소에는 별로 사용하지 않는 거품기를 사용해 부드러운 무스 형태의 요구르트 베이스 칵테일을 만들자

박수가 터지기도 했다.

줌을 나온 뒤에 문득 궁금해져서 회사명과 오츠카 에리코를 검색해보니, 오츠카는 위스키 부문 영업과장이 돼 있었다. 혼자 육아하면서 승진도 하고 씩씩하게 지내는 오츠카를 생각하니, 아리노는 전에 없던 호감이 끓어올랐다.

하루를 고스란히 투자해 마스터가 남긴 레시피에 충실하게 질 좋은 소 정강이 살을 직접 두드려서 만든 다짐육, 셀러리에 당근, 양파, 토마토, 달걀흰자로 비프 콘소메를 만들었다. 건더기를 거르고 잘 식혀서 표면에 뜬 하얀 기름을 걷어냈다. 맑은 국물과 보드카를 얼음물로 천천히 식혀 만든 황금색 '블루 샷'은 보기에도 아름답지만, 더위 먹은 부모의 식욕을 자극했다. 그렇게 'bar 기린반'의 두 번째 밤도 한껏 달아올랐다.

"그 칵테일, 문학상 축하 파티할 때 호텔 오쿠라의 오키드 바에서 먹은 적 있습니다. 정말로 고급스러운 맛이었던 기억이 납니다."

쇼야 할아버지가 그리운 듯이 얘기하자, 가보고 싶다며 음식에 관해서는 진심인 마나 엄마가 말했다. 마나 엄마는 지난번 줌에서 아리노에게 영향을 받아, 아크릴 소재 칵테일 잔에 색색의 양주 젤리를 차게 굳혀서 '신제품 어른의 젤리'로 인스타그램에 올렸더니 오랜만에 가게를 찾는 손님 수가 늘었다고 기뻐했다. 후타 엄마가 감탄하며 "흐음, 나도 온라인으로 혈 누르기 강좌 같은 걸 해볼까." 하고 중얼거렸다.

"가정에서 하면 굳이 시간을 들여 콘소메를 만들 필요는 없어요. 비프 콘소메 큐브를 채소 남은 것과 같이 끓이거나 통조림 콘소메를 써도 충분합니다. 차게 해서 보드카와 섞기만 하면 영양가 있는 칵테일이 됩니다."

컴퓨터 화면 너머로는 칵테일을 맛볼 수 없으니, 차라리 각자가 마시고 싶은 걸로 하자는 생각이 번뜩인 것이다. 마스터의 일거일동을 떠올리며 시간 들여서 비로소 만족스러운 한 잔을 만들었다는 생각에, 아리노는 평소보다 말이 많아졌다.

"셀러리를 머들러 대신으로 쓸 수도 있습니다. 치즈나 안초비를 올린 토스트에 아주 잘 어울리죠."

"뭔가 어른의 야식이란 느낌이네요. 내일 비프 콘소메를 사봐야지. 수프라면 애들도 먹을 수 있으니까요. 그건 그렇고 마스터는 참 멋있네요. 난 이 모양인데. 집도 엉망

진창이고…….”

네네 아빠가 낡은 티셔츠를 내려다보고 봉제 인형 천지인 실내를 둘러보며 힘없이 웃었다. 아리노는 말을 할지 말지 조금 망설였다. 학생이라고 해도 믿을 것 같은 젊은 그를 보고 있자니 챙겨주고 싶은 마음이 들었다. 자신 없어 하는 모습에 예전의 자기 모습이 떠올랐는지도 모른다. 우선 스트롱계 추하이를 마시는 습관을 지금 당장 멈추게 하고 싶다. 그와 둘만 있다면 표현하는 법 하나로 얼마든지 인상은 바꿀 수 있답니다, 하고 10년에 걸쳐 깨달은 인기 얻는 비법을 가르쳐주고 싶었다.

“여러분은 자택에서 휴식 중이니까 옷이나 인테리어에 연연할 필요 없지 않을까요. 주제넘지만, 간접 조명만 사용해도 꽤 격식을 갖춘 느낌이 듭니다. 바 분위기란 게 원래 조명이나 카운터 높이에 따른 착시 현상이 아주 크죠.”

켄토 엄마가 직업병인지 눈을 반짝거리며 몸을 내밀었다.

“저는 메이크업 일을 해서요. 줌 회의용으로 모공 제로가 된다는, 여배우들이 사용하는 링 라이트 샀는데…….”

그는 동그란 링이 달린 탁상 조명을 쓱 끌어당겼다. 금세 얼굴 전체가 새하얗게 빛나고 눈과 콧구멍만 두드러졌다. "와우, 미의 전도사!!" 하고 오츠카가 밝은 목소리로 호응했다. 아리노가 보기에는 주름도 있고 화장기도 없지만 가슴이 깊이 팬 진한 모래색 네글리제를 입고 조용히 레드와인을 마시고 있는 아오이 엄마 쪽이 훨씬 매력적으로 보였다. 늘 생글거리고 있지만 대화에 별로 참여하지 않는 것도 매력적이다.

"그렇군요. 근무 중에는 괜찮다고 생각합니다만. 밤에 쉴 때는 그렇게 얼굴 전체를 비추지 않아도 되지 않을까요. 방의 조명을 조금 낮춰보세요. 만약에 조명 기구가 있다면 컴퓨터 앞이 아니라 컴퓨터 뒤, 반대 방향으로 배치해보시겠어요. 형광등 빛이 직접 얼굴에 닿는 것은 피해주세요. 그리고 한 대 더, 스마트폰 라이트든 손전등이든 촛불이든 뭐든 좋으니 자신을 향해서 오른쪽, 되도록 비스듬한 위치에 놓아두면 인상이 제법 바뀐답니다. 컴퓨터 높이도 중요하고요. 이를테면 책을 포개놓든가 해서 위치를 조금 높여보세요. 컴퓨터 카메라를 자기 눈높이에 둔다고 의식하는 것만으로……."

부모들 사이에서 작은 동요가 일었다. 자기 연출과 노력만으로 여기까지 온 아리노인 만큼 강의에 열의가 담겨 있었다. 켄토 엄마는 "그렇구나. 밤에 하는 줌 회식 메이크업은 간접 조명이 있는 섹시한 감성으로. 이거 고객들과 상담할 때 써먹어야지." 하고 입술을 핥았다. 부모들은 컴퓨터 앞에서 스탠드를 껐다 켰다 하고 있다. 잠시 후 제각기 간접 조명 사용법을 깨우친 것 같았다.

어질러진 방은 어둠 속에 사라지고, 각자의 얼굴과 목 부분만 조명에 부드럽게 떠올랐다. 그러자 맨얼굴도, 푸석푸석한 머리도, 늘어진 티셔츠도 켄토 엄마의 말처럼 '섹시한' 분위기를 자아내서, 화면은 분위기 있는 어른들 모임으로 바뀌었다.

"언젠가 마스터 가게에 가서 칵테일 마셔보고 싶어요. 밖에서 칵테일 못 마신 지 한참 됐네……."

리리나 엄마가 추하이 캔을 홀짝거리면서 화사하게 색칠한 손톱 끝을 물끄러미 보는 것이 왠지 애처로웠다. 아리노는 자기도 모르게 어떻게든 해주고 싶어서 몸을 앞으로 내밀었다.

"집에서도 칵테일은 만들 수 있습니다. 요전에 얘기한 대로 셰이커는 스터링*이나 빌드**로 만드는 방법도 있습니다. 칵테일은 알코올에 어떤 것을 더한다는 개념이니

* 믹싱 글라스에 얼음과 재료를 넣고 섞는 것.

** 잔에 얼음과 재료를 넣고 섞는 것.

좀 더 자유롭게 생각해주세요. 실례지만 지금 냉장고에 뭐가 있습니까? 조미료든, 음료수든 뭐든 좋습니다."

"아이, 별것 없어요. 창피하네. 음, 친정에서 정기적으로 보내주는 고구마 소주 있고요. 간장, 멘츠유, 케첩 그리고 피자 소스……?"

리리나 엄마가 머뭇머뭇 말하는 동안에 아리노는 좋은 생각이 떠올랐다.

"소주에 피자 소스를 타보세요. 피자 소스에 포함된 스파이스와 염분이 훌륭한 악센트가 될 겁니다. 이른바 '일식 블러디 메리'* 죠."

반신반의하는 표정으로 리리나 엄마는 시키는 대로 재료를 컴퓨터 앞에 늘어놓았다. 어린이용 컵에 소주와 얼음을 담고 피자 소스를 넣은 다음 젓가락으로 저었다. 완성된 빨간 칵테일을 한 모금 마시더니 눈이 동그래졌다.

"거짓말 같아요! 가게에서 마시는 칵테일 같아요. 음, 스파이시하고 감칠맛이 있어요. 정말로 블러디 메리에 가깝네요. 집에 있는 것으로 칵테일을 만들 수 있다니!"

맛있겠다! 하고 오츠카가 가키노타네**를 씹으면서 감

* 보드카에 토마토 주스를 넣어 만든 칵테일.

** 감씨 모양의 과자와 땅콩이 섞인 것으로 마른안주의 대명사다.

탄하자 다들 흥미진진한 표정이 됐다.

"저기, 마스터. 해마다 아이들을 위해서 산 빙수 시럽을 다 쓰지 못하는데……. 이것도 칵테일이 될까요."

미노리 부모가 볕에 그을린 뺨을 살짝 붉히며 머뭇머뭇 물어왔다. "맞아." "완전 공감." "빙수 시럽은 1년 뒤에 버릴 확률이 높지." 모두가 대합창을 했다.

"요전에 '이이치코'를 드시던데요. 이이치코는 달콤한 과일 맛과도 궁합이 좋죠. 빙수 시럽을 넣고 탄산수나 자몽 주스를 타면 색깔도 예쁘고 목 넘김도 좋은 칵테일이 된답니다."

아리노가 그렇게 말하자 미노리 부모가 "괜찮을 것 같네요." 하고 중얼거리며 처음으로 활짝 웃는 얼굴을 보였다.

"우리 집도 미노리 부모님과 마찬가집니다. 냉장고를 열어도 부끄럽지만 아이를 위한 것뿐이네요. 야쿠르트, 쿨피스, 아이스크림……."

쇼야 할아버지가 쑥스럽게 웃었다. 이런, 로맨스그레이에 어울리지 않네요, 하고 아리노는 바쁘게 머리를 움직였다.

"야쿠르트는 화이트와인과 섞으면 모유 같은 맛의 칵테일이 되죠. 쿨피스는 맥주와 섞으면 달콤새콤함과 쓴맛이 절묘하게 어울립니다. 아, 가리가리군*이 있으면 레드와인에 녹여보세요. 스트레이트한 맛이라면 깊이 있는 어른의 프로즌 칵테일이 될 겁니다."

"네에?" 하고 의외라는 소리가 여기저기에서 터졌지만, 아오이 엄마만은 여유로운 목소리로 와인 잔을 흔들면서 말했다.

"나도 해본 적 있어요. 가리가리군하고 레드와인, 맛있더라고요. 나는 콜라 맛을 좋아해요."

쇼야 할아버지가 눈을 반짝거리며 화면에서 사라졌다.

"여기요, 제가 바로 만들어봤습니다!"

잠시 모습을 감추었던 마도카 엄마가 의기양양하게 내민 것은 '아이스 찰떡'을 듬뿍 넣은 색깔 예쁜 샴페인이었다. 그걸 보고 "화려함으론 지지 않겠어요."라는 칭찬이 끊이지 않았다.

이를 시작으로 부모들은 서로 경쟁하듯이 냉장고와 컴퓨터 사이를 왕복했다. "화려함으로 지지 않을 거야!" 하고 조슈 엄마가 활활 타는 의욕으로 테킬라 소다와리에 과즙 젤리를 띄운 화려한 칵테일을 만들어서 보여주었다. 그러자 소나 엄마는 집에서 키운다는 민트를 듬뿍 넣은

* 일본의 국민 하드라고 불릴 만큼 대중적인 빙과류. 캔디바와 비슷한 맛이다.

라임 주스와 한국 소주를 섞어서 모히토를 선보였다. 후타 엄마는 약용 양명주에 두유를 섞은 칼루아 풍에 막대 초콜릿을 머들러 대신 쓰는 재치를 발휘했다.

세키토바 레드블루와리에 몰두한 요스케 마마가 전부터 사케를 과음한다고 모두에게 걱정을 사던 교스케 아빠에게 "저기요, 스프릿처* 처럼 사케에 소다를 타보는 건 어때요?"라고 제안하자, 투명한 칵테일이 금세 완성됐다. 톡톡 터지는 거품을 평소보다 느린 속도로 마시는 교스케 아빠를 보고 아리노는 진심으로 안도했다.

"아내한테 또 혼났어요. 아이 친구들 엄마, 아빠랑 줌 회식이라니 너무하다고 말입니다. 자기는 입덧으로 속도 울렁거리고 술도 못 마시고, 잠들면 밤에 깨지도 못하는데, 하면서요."

여전히 지친 표정을 짓는 교스케 아빠에게 아리노는 간발의 차도 없이 제안했다.

"그렇다면 임산부에게 딱 맞는 논알코올 칵테일을 만들어주면 어떨까요. 냉장고에 뭐가 있습니까?"

"으음, 야채칸에 수박 남은 것. 지금 저 사람, 과일밖에 먹지 못해서요."

* 화이트와인을 베이스로 소다수를 혼합하는 칵테일.

"그럼 수박을 썰어서 천에 싸서 힘껏 짜보세요. 믹서가 아니라 손으로 짜는 게 포인트입니다. 목 넘김이 좋은 빨간 주스가 나올 겁니다. 얼음을 넣고 솔티도그* 식으로 잔 테두리에 소금을 묻히면 보기에도 완벽하죠. 소금을 묻히는 방법을 가르쳐 드릴게요. 솔트림이라고 한답니다."

아리노는 칵테일 잔 단면에 레몬즙을 발라서 굵은 소금을 뿌린 접시에 살짝 갖다 댔다. "와, 이런 식으로 하는구나." 네네 아빠가 감격한 듯이 중얼거리며 반짝반짝 빛나는 잔 테두리를 홀린 듯이 보았다.

"소금만으로 이렇게 특별한 느낌이 나는군요. 해보겠습니다. 이거라면 아내 기분도 좋아지겠는걸요."

그렇게 말하고 가슴을 쓸어내리는 교스케 아빠를 보고 있으니, 아리노는 왠지 복잡한 기분이 들었다. 솔트림을 한 잔에 보드카와 자몽 주스를 넣고 가볍게 섞었다.

바텐더가 된 뒤로 아리노는 수많은 연애를 했다. 평범한 남자보다 훨씬 풍부한 인생 경험을 했다고 자부한다. 그러나 교스케 아빠나 안나 아빠가 아내 눈치를 보며 허둥지둥 움직이는 모습을 보니, 자신은 단 한 번도 여자의 히스테리를 받아주거나 이래라저래라 지시를 받은 일이

* 보드카에 자몽주스를 넣은 칵테일. 잔 테두리에 소금을 묻혀서 마신다.

없다는 사실에 놀랐다. 사랑하는 여자들이 마도카 엄마처럼 저지 차림으로 있는 것도, 켄토 엄마처럼 눈썹 없는 얼굴로 있는 것도 지금까지 본 적이 없다. 모두 단기간에 끝난 성인들의 교제였다. 그건 정말로 연애라고 부를 수 있는 걸까. 단순히 그쪽이 갖고 놀았던 건 아닐까.

문득 시선을 드니, 아오이 엄마가 언제나처럼 말없이 아리노를 바라보고 있었다. 그 눈에는 모든 걸 다 알아, 하는 빛이 서렸다.

세 번째 밤의 'bar 기린반'에는 잔에 굵은 소금이 반짝거리는 수박 논알코올 칵테일을 든 교스케 엄마가 등장해서, 커다란 배를 쓰다듬으며 만족스럽게 남편에게 기대어 있었다.

칵테일 레시피를 공개한 탓인지, 네 번째 밤이 되자 수제 안주를 준비하는 부모가 늘었다. 네네 아빠가 블루 샷에 셀러리를 꽂고 안초비 토스트를 들고 화면에 나타나자, 사람들이 "유후!! 탐정 같은 야식!! 하드보일드!! 멋지다!!" 하고 놀려댔다. 미노리 부모는 거대한 프라이팬을 들고 나타났다. 거기에는 짜파구리라는, 소고기가 든 물기 없는 갈색 인스턴트 면이 담겨 있었다. 담담하게 면을 먹으면서 이따금 매운맛을 달래듯이 '이이치코' 콜라와리를 꿀꺽꿀꺽 마시는 미노리 부모를 다들 부러운 듯이 바라보았다.

"짜잔, 오늘은 나도 안주 만들어왔어요."

잠시 사라졌던 오츠카가 화면에 나타나 천천히 큰 접시를 내밀었다. 갈색 소스와 치즈커드를 듬뿍 뿌렸다. 김이 모락모락 나는 튀김 감자였다. 와, 맛있겠다!! 배달해줘!! 밥 테러!! 여기저기서 비명이 터졌다.

"자, 이것이 푸틴과 나의 우정의 시작, '푸틴'입니다!"

의기양양한 오츠카와 달리 아리노는 고개를 갸웃거렸다.

"푸틴? 이 감자튀김이?"

오츠카는 바삭하게 튀긴 감자를 한 개 집더니 바로 위스키 미즈와리에 넣었다.

"그래요. 캐나다의 대표적인 요리 '푸틴'. 감자튀김에 그레이비소스와 치즈커드를 뿌린 거죠. 숙취에 좋다는 말도 있어요."

"헐, 숙취 해소용이라면 깔끔한 죽이나 국이 좋을 것 같은데."

마나 엄마는 언제나처럼 음식 이야기가 나오니 열심이

다. 소나 엄마도 거들었다.

"한국에서도 아침 숙취에는 누룽지탕이 유명해요."

"아시아권에서 보면 색다르겠네요. 하지만 기름진 음식으로 울렁거림을 진정시키는 것이 캐나다 방식이래요."

그날 아침의 기억이 조금 되살아났다. 대학교 1학년인 오츠카가 자는 아리노를 깨워놓고 사람 좋은 미소를 지으며 갑자기 별명을 지어서 불렀다…….

"내 별명이 푸틴 대통령에서 따온 게 아니었냐……."

혹시 나는 큰 착각을 하고 있었던 걸까. 오츠카는 어리둥절해하더니 이내 손뼉을 치며 웃어댔다.

"그래. 푸틴이야, 푸틴!! 푸틴 대통령이 아니고. 그건 욕이지. 야, 생각해봐. 너, 첫 세미나 회식 때 엄청나게 취했잖아. 배고프다, 짠 것 먹고 싶다, 하도 떠들어서 슈퍼에 모두 함께 장 보러 갔다가 우리 집에서 구겨져 잤잖아. 너, 푸틴이 마음에 들었는지 누구보다 많이 먹었지."

한바탕 떠들고 나더니 오츠카는 갑자기 숙연해져서 이렇게 말했다.

"그날 아침부터 세미나 사람들과 완전히 친해졌어. 나, 캐나다 생활이 길어서 일본 대학에 적응할 수 있을지 불안했는데 네 덕분에 금세 터놓고 지낼 수 있게 됐어. 그러니까 푸틴은 내 은인이야."

그렇게 말하고 눈을 내리뜨는 오츠카. 그의 모든 것이 그날 이후 무엇 하나 달라지지 않았다는 사실에 놀랐다.

"옛날부터 분위기 메이커에다 여러 면에서 배려심이 많고, 정말 착한 녀석이었지. 까다롭기로 유명한 에클로그 오너가 푸틴만은 아들처럼 예뻐해서 가게를 물려주었다는 소문 들었을 때, 역시, 하고 이해가 갔어, 나."

허를 찔린 아리노는 말을 잃었다. 리리나 엄마는 일식 블러디 메리를 마시면서 끄덕였다.

"아, 알 것 같아요. 마스터는 좋은 의미로, 남 챙기기 좋아하는 아줌마 같은 느낌이 있어."

그거, 완전히 알 것 같아, 하면서 다들 끄덕였다. 전혀 기쁘지 않은 평가였지만 아리노는 코로나 감염이 퍼지기 훨씬 전, 아니 가게를 물려받기 훨씬 전부터 이어졌던 긴장감이 스르륵 녹아내리는 걸 느꼈다.

"코로나가 진정되면 모두 함께 마스터의 가게에 가고 싶군요."

쇼야 할아버지가 가리가리군 소다 맛과 레드와인을 넣은 우유병을 살살 흔들면서 미소 지었다. 자기보다 훨씬 베테랑 바텐더로 보였다. 고스케 아빠도 소시지에 알갱이 머스터드를 찍으면서 수줍은 듯이 말했다.

"그러게요. 에클로그 바텐더라고 들었을 때는 잘난 척하는 사람이 나타나서 주눅 들지 않을까 걱정했는데. 마스터의 가게라면 따스하고 화기애애한 분위기겠어요."

"그날이 기다려지네요. 코로나, 제발 빨리 끝나라! 가고 싶은 곳, 엄청나게 많아요!"

요스케 엄마가 진심으로 외치자, 저마다 코로나가 진정된 후의 계획을 떠들었다.

아리노는 위스키 잔의 얼음이 녹는 것을 바라보았다. 그런 건 과대평가다. 그 증거로 선대 사장의 단골이었던 노인 손님들은 아리노가 가게를 맡게 된 후 얼굴을 보이지 않았다. 언론에 거론된 탓에 처음 오는 손님은 급증했지만 재방문자는 적었다. 아리노의 손님을 고르는 성격이 카운터 너머로도 전해졌을 것이다. 남을 잘 배려하는 사람과는 거리가 멀다. 아리노는 관자놀이를 꾹 누르고, 애써 밝게 말했다.

"꼭 와주십시오. 기린반 여러분은 할인해드리겠습니다."

야호! 하고 저마다 환성을 지르고, 건배하듯이 잔을 컴퓨터 화면에 들이댔다. 아리노는 조그맣게 헛기침을 했다.

"어, 그리고 그뿐만이 아니라, 다음에, 꼭, 오츠카 말이야……. 오츠카네 집에 바텐더가 아니라 도우미로 출장을 가고 싶은데."

바로 정면에서 오츠카만 바라보며 정정당당하게 말했다. 이런 식으로 도망갈 곳을 준비하지 않고 누군가에게 마음을 전하는 건 처음 하는 경험이었다. 연애가 아니다. 다만 혼자서 육아하는 친구를 도울 수 없을까, 하고 자연스럽게 생각한 것이다. 그렇게 해서 둘이 서로 도와가며 살다 보면 그 끝에 지금까지 본 적 없는 풍경이 펼쳐지지 않을까. 오츠카는 상상 이상으로 기뻐했다. 두 손으로 브이를 그리며 폴짝폴짝 뛰었다.

"우왓, 대박 도움 될 거야! 근데 뭔가 미안하네. 마음은 고맙지만 싱글인 분들을 우선해주었으면 좋겠어. 일단 네네 아빠네 집에 가주지 않을래."

"와, 그거 정말 감사해요!! 고맙습니다. 마스터가 와준다면 무진장 기쁠 겁니다!!"

"에이, 나도 싱글인데요! 너무하지 않아요? 우리 집에도 와요, 마스터!"

기뻐하는 네네 아빠에게 후타 엄마가 무서운 얼굴로 말했지만, 아리노는 그럴 정신이 아니었다. 뒤에서 누가 힘껏 발로 찬 듯한 충격을 견딜 수 없어서 들고 있던 위스키를 단숨에 마셨다.

"오츠카, 결혼했어?"

"보다시피 혼인신고는 하지 못했겠지? 하고 싶어도 할 수가 없잖아. 뭐, 파트너는 있어도 호적상으론 싱글이라 이런 격전 지역에서도 구립 어린이집에 들어갈 수 있었긴 하지만."

"엉, 파트너? 누, 누구와?"

아리노는 품위를 지키는 것도 잊고, 푸틴을 계속 먹고 있는 오츠카를 매달리듯이 바라보았다.

"누구라니, 푸틴이 아까부터 마주 앉아 있는 그 사람이지. 그러지 마. 인제 와서 수줍게."

오츠카가 간지럽다는 듯이 몸을 비틀다가, 아이가 갖고 놀다 두고 간 듯한 개구리 인형에 손이 닿자 인형이 "개굴개굴!!" 하고 울었다.

"처음에 제대로 설명했잖아. 나도, 이 친구도 '아오이 엄마'라고. 그럼 다시 소개하겠습니다!! 자, 미사키입니다."

아오이 엄마가 언제나처럼 완벽한 인테리어에 둘러싸여 이쪽을 향해 우아하게 손을 흔들었다.

"네에, 에리의 파트너 미사키입니당."

"하지만……, 집이 전혀 달라……."

놀리듯이 개굴개굴 계속 우는 개구리 인형을 간신히 조용히 시킨 오츠카는 태연하게 이렇게 말했다.

"아, 말하지 않았어? 둘 다 같은 집이야. 여기 단독 주택이거든. 미사키는 종합병원 바로 앞에 있는 약국에 근무해서 감염 위험은 크지만 절대로 쉬면 안 되는 현실이라, 만일을 위해 1층과 2층에서 따로 생활하고 있어. 아, 잠깐 보여줄게."

그렇게 말하자마자 오츠카는 화면에서 사라졌다. 잠시 후 미사키의 하이센스한 공간에 마스크를 낀 지저분한 오츠카가 작은 접시에 담은 푸딘을 들고 쓰윽쓰윽 게걸음으로 나타났다. 두 사람은 너무나 다정하게 시선을 나누었다.

미사키는 접시를 받아서 이쪽에 대고 "봐요." 하듯이 내밀며 슬쩍 도발적인 눈빛을 띄웠다.

오늘 밤은 마지막 날에 어울리는 빅 게스트가 올 거야, 하고 그날 저녁 무렵 오츠카에게 라인으로 연락이 왔다. 그래서 어깨까지 오는 머리칼을 하나로 묶은 젊은 여성이 화면에 나타났을 때, 아리노는 그가 누구인지 바로 알

왔다.

개인정보를 보호하기 위해 어느 교사가 감염됐는지 공표하지 않았는데, 아즈미 선생님은 직접 자기라고 밝혔어. 어찌나 성실하고 걱정이 많은 성격인지. '기린반 어린이들 상태는 어떻습니까? 컨디션은 괜찮습니까?', '부모님들 재택 육아, 괜찮으세요?' 하고 굳이 우리한테 연락했어. 그런 것 신경 쓰지 말고 지금은 몸이 낫는 데만 신경 쓰시라고 전화로 아무리 말해도 계속 자기 탓을 하고 말이야…….

"여러분, 정말로 큰 폐를 끼쳤습니다. 보건소 지시에 따라 숙박 시설에서 요양하다가 재검사 결과 음성으로 나와서 집으로 돌아왔어요. 소란을 피워서 정말로, 정말로 죄송합니다."

그렇게 말하고 아즈미 선생은 창백한 얼굴로 깊숙이 머리를 숙였다. 오츠카가 "잘됐네요! 고생하셨어요! 무사해서 천만다행이에요." 하고 소리치자, 여기저기에서 축하해요, 앞으로도 잘 부탁합니다, 고생했어요, 하는 소리가 날아들었다.

아리노는 그제야 이해했다. 이 바는 부모를 위해서만 있는 게 아니다. 오츠카는 오늘 밤 아즈미 선생을 환영하기 위해 꼼꼼하게 역산해서 모두 무리 없이 모일 수 있는 공간을 준비했다. 아즈미 선생은 눈이 빨개져서 잠긴 목소리로 이렇게 말했다.

"여러분, 정말로 죄송합니다. 제 탓으로 일과 육아를 한꺼번에……. 많이 힘드셨죠."

"응? 그렇지도 않았죠? 우리, 이 'bar 기린반'에서 상당히 즐겁게 보냈어요."

태연한 얼굴로 요스케 엄마가 말하자 모두 맞아, 맞아, 하고 동의했다. 조슈 엄마가 명랑한 톤으로 덧붙였다.

"맞아. 다들 칵테일도 만들 수 있게 됐고, 평소보다 함께 보내는 시간도 많았고. 어쩌면 작년 7월보다 더 자주 만났을지도 몰라요."

"아내가 출산 전에 느긋이 함께 보내서 저한테는 좋은 시간이었어요."

교스케 아빠가 말하자, 네네 아빠도 빙그레 웃으며 덧붙였다.

"저도 기린반 여러분의 응원 덕분에 일을 그만두지 않아도 됐고요."

부모들이 아즈미 선생에게 한 차례 인사하고 나자 오츠카가 갑자기 진지한 어조로 이렇게 말했다.

"오히려 사과를 드리고 싶은 것은 우리예요. 아즈미 선생님한테 얼마나 큰 도움을 받고 있는지, 세 살 아이를 보는 게 얼마나 힘든지 어린이집 휴원으로 절실히 느꼈어요. 정말로 감사드려요. 나쁜 것은 개인에게 전부 책임을 떠맡기고 경제 정책만을 우선하는 이 나라 아닙니까? 언제나 비상시에 타격을 받는 것은 환자나 어린이, 노인 돌봄을 담당하는 아즈미 선생님 같은 프로들입니다. 이런 방식을 아이들 대에 물려줄 수는 없어요. 우리 모두 각자의 위치에서 소리 내어 바꿔가야 한다고 생각합니다."

제각각의 화면에서 부모들이 진지한 톤으로 찬성을 표시했다. 그랬다. 오츠카는 이런 식으로 언제나 약한 처지에 있는 누군가의 아군이었다. 그리고 누군가를 위해 싸우는 사람이기도 했다. 아즈미 선생이 얼굴이 빨개져서 티슈 상자를 안았다. 오츠카는 다시 톤을 바꿔 이렇게 외쳤다.

"좋아, 선생님의 회복을 축하하며 오늘은 마음껏 마십시다!"

"다들 칵테일을 만들 수 있게 됐어요. 아즈미 선생님도 몸이 괜찮으시면 함께해요. 알코올을 싫어하시면 논알코올 칵테일이라도. 마스터가 뭔가 아이디어를 줄 거예요."

미노리 부모가 신나는 어조로 말하자 아즈미 선생은 눈을 내리떴다.

"죄송해요. 술은 정말 좋아합니다만, 줄곧 숙박 시설에 있어서 집에 사다 둔 것도 없고. 칵테일을 만들 만한 재료가 집에 아무것도……."

미안하다는 듯이 선생님이 중얼거리자, 모두가 컴퓨터 너머로 시선을 나누며 빙그레 웃었다. "그래, 지금이야." 하는 식으로 오츠카가 아리노에게 눈으로 사인을 보냈다.

아리노는 목사처럼 부드러운 몸짓으로 그리고 엄숙하게 물었다.

"냉장고에 뭐가 있습니까?"

옮긴이 **권남희**

일본 문학 번역가, 에세이스트. 지은 책으로는《번역에 살고 죽고》,《귀찮지만 행복해볼까》,《혼자여서 좋은 직업》,《어느 날 마음속에 나무를 심었다》가 있으며 옮긴 책으로는《옥상의 윈드노츠》,《달팽이식당》,《카모메식당》,《시드니!》,《빵가게 재습격》,《반딧불이》,《샐러드를 좋아하는 사자》,《종이달》,《배를 엮다》,《누구》,《후와 후와》,《츠바키 문구점》,《반짝반짝 공화국》,《라이온의 간식》,《숙명》,《무라카미 T》외 많은 역서가 있다.

호로요이의 시간

초판 1쇄 2023년 11월 20일

지은이 오리가미 교야 · 사카이 기쿠코 · 누카가 미오 · 하라다 히카 · 유즈키 아사코
옮긴이 권남희

책임편집 박광호 교정교열 김순영 표지 일러스트 Hicosaka Mokuhan Koubou
펴낸이 허민정 브랜드 징검돌 주소 서울시 서대문구 연희로 37길 51 104동 302호
인스타그램 @presssteppingstone 전자우편 friendpublisher@gmail.com
발행처 동무출판사 출판등록 2013년 10월 28일(제2019-000077호)

ISBN 979-11-86323-58-8 03830

* 징검돌은 동무출판사의 문학 · 인문 브랜드입니다.

* 이 도서에는 (사)세종대왕기념사업회에서 개발한 문체부 쓰기 정체가 적용되어 있습니다.

* 책값은 뒤표지에 있습니다.
* 잘못된 책은 구입하신 곳에서 바꾸어 드립니다.